Novas seletas

. . . .

Antonio Callado

Novas seletas

. . . .

Antonio Callado

Coordenação
Laura Sandroni

Organização,
apresentação e notas
Bella Jozef

EDITORA
NOVA
FRONTEIRA

© Teresa Carla Watson Callado e Paulo Crisostomo Watson Callado

Direitos de edição da obra em língua portuguesa adquiridos pela EDITORA NOVA FRONTEIRA S.A. Todos os direitos reservados. Nenhuma parte desta obra pode ser apropriada e estocada em sistema de banco de dados ou processo similar, em qualquer forma ou meio, seja eletrônico, de fotocópia, gravação etc., sem a permissão do detentor do copirraite.

EDITORA NOVA FRONTEIRA S.A.
Rua Bambina, 25 – Botafogo – 22251-050
Rio de Janeiro – RJ – Brasil
Tel.: (21) 2131-1111 – Fax: (21) 2537-2659
http://www.novafronteira.com.br
e-mail: sac@novafronteira.com.br

CIP-Brasil. Catalogação-na-fonte
Sindicato Nacional dos Editores de Livros, RJ.

C16n   Callado, Antonio, 1917-1997
         Antonio Callado / coordenação Laura Sandroni ; organização, apresentação e notas Bella Jozef. – Rio de Janeiro : Nova Fronteira, 2005
         (Novas Seletas)

         Inclui bibliografia
         ISBN 85-209-1711-9

         1. Callado, Antonio, 1917-1997 – Coletânea. I. Sandroni, Laura C. (Laura Sandroni). II. Jozef, Bella. III. Título. IV. Série.

CDD 869.98
CDU 821.134.3(81)-8

Sumário

Este Antonio Callado 7
Um olhar com paixão 9

CRÔNICA

Eco, Narciso e sua paquera imortal 12
Exército pode se tornar convidado perigoso 18
América Latina é hoje nau de insensatos 23
A doce república do Tuatuari 28

REPORTAGEM

Alguns dados básicos sobre Fawcett 31
Esqueleto na lagoa Verde 33
Vietnã do Norte: advertência aos agressores 38

CONTO

Prisão azul 52
O homem cordial 58

PEÇA TEATRAL

Pedro Mico 85
O colar de coral 91
O tesouro de Chica da Silva 94

ROMANCE

Assunção de Salviano 98
A madona de cedro 105
Quarup 110
Bar Don Juan 115
Reflexos do baile 121
Sempreviva 127
A Expedição Montaigne 133
Concerto carioca 138
Memórias de Aldenham House 150

Um olhar com paixão (cont.) 161
Depois da leitura 177
Cronologia 181
Bibliografia 186

Este Antonio Callado

Tarefa grata e prazerosa a de voltar a conviver com Antonio Callado, por meio da releitura de sua obra. A memória leva-nos a relembrar a pessoa, verdadeiro *gentleman*, um lorde no trato com os muitos amigos que tinha.

Para definir sua personalidade, podemos escolher as palavras do psicanalista Hélio Pellegrino, que o chamou de "doce radical" ou as de Nelson Rodrigues: "o único inglês da vida real." O fato é que Callado foi muito mais. Estimado por seus amigos, era bem-humorado, tranqüilo, sensibilidade feita de tolerância e pequenos gestos de quem sabia ver e ouvir. Podemos constatá-lo em sua obra, composta de sons, cheiros, que mostra o interesse em retratar as diversas regiões do Brasil: a floresta amazônica, o sertão nordestino, as cidades barrocas mineiras e alguns bairros do Rio de Janeiro, como o Jardim Botânico. Nada lhe escapou ao olhar e tudo evocou e rememorou com seu estilo, por vezes coloquial, sem faltar um toque de humor ou uma linguagem resultante da confluência de vários saberes.

Era um erudito, de sólida cultura, nada livresca, no sentido pejorativo que o termo tomou, que não pesa nem peca por excessos. Tem-se a impressão que Antonio Callado leu tudo, tão vasta e diversificada era sua erudição. Na verdade, havia lido muito, desde a mais tenra idade, abastecido na rica biblioteca do pai, poeta e admirador de Olavo Bilac. Ali, leu os românticos franceses, passando a nutrir predileção por Alfred de Musset, a que se juntaram Anatole France e Marcel Proust. Da literatura brasileira, Castro Alves, Machado de Assis e Euclides da Cunha.

Na sua infância, é de ressaltar a influência do avô materno, cujas histórias e escritos sobre índios brasileiros ouviu e depois leu. Orador perpétuo do Instituto Histórico e Geográfico Brasileiro, seu avô foi colega de Castro Alves na Faculdade de Direito do Recife.

Uma inteligência atenta ao mais ínfimo pormenor. Tudo era motivo de aproximação: os aspectos imediatos da realidade como a essência íntima das coisas, o permanente compromisso cultural com o mundo. Homem vertical e íntegro, exemplo de coerência, que nunca agiu por cálculo e soube ser solidário com as grandes esperanças nacionais.

Numa de suas entrevistas, ressaltou: "Nunca me filiei a nenhum partido. Permaneço fiel, absolutamente fiel ao que fui e sou: um homem de esquerda, que crê no socialismo." As simpatias pela esquerda constituem a expressão não de uma ideologia e seu aparelho político, mas de uma aspiração de justiça e tolerância, abrindo uma linha de inconformidade cultural que impulsionou sua carreira de homem de letras, no jornalismo, na ficção e no teatro.

Esta seleção de textos é, naturalmente, de cunho pessoal, mas tem a intenção de apontar os melhores momentos, os mais significativos do escritor, e que considero expressivos, a partir das crônicas (publicadas entre 1992 e 1996), das reportagens, das peças de teatro, dos contos e dos romances. Espero que esta seleta seja uma porta de entrada e que desperte o interesse pela rica obra de Antonio Callado. A leitura dos textos do autor é fundamental, para que vocês, prezados leitores, o conheçam melhor. Espero que possam, como eu, vibrar com esses pedaços do Brasil, redescoberto por uma alma sedenta de justiça.

É este o Antonio Callado que desejamos focalizar, um intelectual atento às questões polêmicas de seu tempo e aos rumos do Brasil, autor de uma obra engajada, alguém que testemunhou e denunciou a opressão e reagiu à injustiça social, com elegância. Afinal, Callado era um *gentleman*.

Bella Jozef

Um olhar com paixão

Antonio Callado preocupou-se com a realidade brasileira e os rumos do país, que buscou registrar e interpretar em sua complexidade. Suas reflexões convergiram em atividade intelectual baseada num tripé: o jornalismo, que abarcava as reportagens e as crônicas, a ficção (contos e romances) e o teatro. Considerava a arte uma forma de resistência. Assim, o contato com gentes, fatos e desigualdades sociais influenciou seus escritos, enriqueceu sua produção intelectual e o engajou nas questões de seu tempo. Por sua atitude de elaborar suas obras sem deixar-se levar por pressões de qualquer espécie, foi preso várias vezes: em 1964, logo após o golpe militar que instalou um regime de exceção, outra em 1968, após o fechamento do Congresso e a decretação do Ato Institucional nº 5 (AI-5), e em 1978, ao voltar de uma viagem a Cuba.

Os anos passados na Inglaterra e a profissão de jornalista, que o levou, em inúmeras viagens, a Bogotá, Washington e Havana, proporcionaram, sem dúvida, a perspectiva necessária para melhor compreensão do Brasil. Ao regressar, terminada a Segunda Guerra Mundial, em 1947, continuou a exercer o jornalismo, uma das suas paixões, a cujas origens sempre foi fiel, mas iniciou intensa atividade como dramaturgo e ficcionista, sem esquecer a crônica.

O jornalismo permitiu-lhe escrever reportagens agudas, enquanto percorria o território brasileiro e se tornava um intelectual participante, desejoso de compor um painel da realidade do país.

Conheceu a Amazônia, viajando do Pará a Manaus, num navio-gaiola. Em 1959, foi a Pernambuco conhecer as Ligas Camponesas e manifestar sua solidariedade aos trabalhadores do Engenho da Galiléia, o mais antigo e mais conhecido símbolo da luta pela reforma agrária no Brasil da época.

Quando o filho do coronel aventureiro Percy Harrison Fawcett veio ao Brasil, a convite de Assis Chateaubriand, a fim de investigar as causas do desaparecimento do pai e descobrir se era dele a ossada descoberta na lagoa Verde, Callado participou da expedição. A partir dessa viagem escreveu a reportagem-ensaio *Esqueleto na lagoa Verde*. Enviado ao Vietnã em guerra pelo *Jornal do Brasil* em 1968, produziu reportagens a partir de Hanói, republicadas em 1977, sob o título de *Vietnã do Norte: advertência aos agressores*. Foi o único jornalista sul-americano a entrar no Vietnã do Norte durante a guerra.

Cabe ressaltar, o que farei de modo mais pormenorizado no final desta seleta, a participação de Callado na luta contra a discriminação racial e social. Por um lado, com o chamado "teatro negro" e, por outro, voltando seu interesse para o índio, que considerava o problema moral por excelência do país. Preocupado com a situação dos indígenas no Brasil, foi ao Xingu, conhecer de perto o trabalho dos postos do Serviço de Proteção aos Índios e dos irmãos Villas Bôas.

O olhar amoroso, nascido de uma vivência de Brasil, a "fome de Brasil", o desejo de entender o país, iniciou-se nos anos em que viveu no exterior. Através do interesse por seres e coisas brasileiras, descobriu o que iria ser objeto de sua paixão maior. Esta a visão penetrante, um olhar revelador do conhecimento, um pensar solidário.

Se os textos jornalísticos e dramáticos exibem traços de originalidade e se o temperamento de repórter e dramaturgo revela-se elemento constituinte de sua obra, a verdade é que jornalismo e teatro circunscrevem-se a um período que se pode denominar de "experimental", ao passo que é na ficção narrativa (contos e romances) que o autor se impõe e atinge uma fase de maturidade criadora.

Escolhi crônicas, trechos de reportagens, contos e romances para mostrar a vocês a qualidade literária e a importância do intelectual que foi Antonio Callado. Depois de lerem os textos selecionados, se quiserem saber um pouco mais, vejam a continuação destas reflexões, ao final do volume.

Um depoimento

"Respeito quem separa a posição política da obra literária. (...) Não acho que seja absolutamente obrigatório o autor fazer uma obra de cunho político. O que me choca é a tendência crescente de os nossos grupos intelectuais se alienarem da vida do país. Quanto a mim, ainda que pudesse ou sentisse a possibilidade de fazer uma obra literária inteiramente abstrata, jamais conseguiria ir contra minha natureza: preciso sempre exprimir alguma coisa."
(Antonio Callado em entrevista a João Marcos Coelho, Revista *Veja*, 14/07/1976.)

Bella Jozef

Crônica

> **Eco**: personagem da mitologia greco-romana, ninfa dos bosques e das fontes.
>
> **Narciso**: personagem da mitologia greco-romana, moço de grande beleza que se apaixona por sua própria imagem.

Eco, Narciso e sua paquera imortal

Os mitos gregos têm fascinado a humanidade desde a sua criação, inspirando não somente as artes como toda a ciência humanista. Como o comprova este texto, a linguagem filosófica e a psicológica não puderam mais dispensar o universo criado na Grécia antiga. Ao comentar a paixão de Eco por Narciso, Antonio Callado observa, nesta crônica de 27 de agosto de 1994, publicada posteriormente no livro *Crônicas de fim do milênio*, que nunca se fala das qualidades inerentes ao comportamento da ninfa Eco, tão apaixonada que não tem tempo de cuidar de si própria.

A história de Eco e Narciso tem fascinado os homens desde que foi inventada e acabou resultando, nos tempos modernos, na classificação de uma espécie de doença que em grau maior ou menor todos reconhecemos em nós mesmos: o narcisismo, a vaidade exasperada.

Por que será que ninguém nunca pensou numa outra espécie de doença embutida na mesma lenda, que poderíamos chamar "ecoísmo"? Seria a doença da abnegação, do dom de si, da virtude exasperada. Acho que é porque narcisista ninguém se importa de ser, já que a idéia de termos algo do Narciso original — belo, auto-suficiente, adorando-se a si mesmo — agrada ao nosso... ego. A essência de Narciso é o egoísmo. A de Eco, o ecoísmo.

Quem é que quer ser uma criatura tão apaixonada, tão dedicada a outra pessoa que não tem mais tempo nem vontade de cuidar de si própria? Quem quer **padecer** de um amor tão avassalador que sufoca quem o sente e transfere sua força vital para o ser amado? Quem quer implorar o amor de uma pessoa indiferente a ponto de definhar e virar pura voz? Ninguém. **Afasta de mim este cálice.**

> *Padecer* é o mesmo que ser atormentado, sofrer.
>
> *"Afasta de mim este cálice"*: referência à súplica de Cristo na cruz.

Apesar de o mundo estar cheio de Narcisos e de Ecos (as relações que melhor funcionam são provavelmente aquelas em que Narciso encontrou sua Eco ou o Eco encontrou sua Narcisa), ninguém se preocupa em estudar o ecoísmo, simbolizado naquelas pessoas que se apagam para que outra pessoa possa brilhar à vontade.

Quem seriam os verdadeiros ecoístas? A gente pensa nos santos, que outrora eram muito cotados, estudados e até imitados. Mas o terreno é perigoso. Os santos negavam quase tudo ao próprio corpo, ao conforto, à vida mansa, mas no fundo, no fundo, será que não eram narcísicos em sua relação de eleitos, no exclusivismo do diálogo que mantinham com Deus?

O mais provável é que os ecoístas, os que realmente conseguiram pôr de lado o natural egoísmo da raça humana, sejam pessoas difíceis de encontrar (virtudes como a do amor materno, por exemplo, não têm nada a dizer aqui. Quem quer que tenha visto uma leoa, ou uma tigresa lambendo e brincando com os filhotes, sabe que esse mistério nos escapa, fica mais embaixo, como se diz).

São difíceis de encontrar não por serem tão raras, imagino, e sim por serem... ecoístas. Em sua insuportável virtude se conhecem mal, e ficariam boquiabertas se lhes disséssemos que são a ***rara avis*, uirapuru.** Ou imaginariam que as

> *Rara avis*: "ave rara", em latim. Diz-se em relação a pessoa que quase não aparece.
>
> *Uirapuru*: designação comum a várias espécies de aves, cujo canto só se ouve uns 15 dias por ano.

Antonio Callado ∞ 13

estivéssemos cantando, com nossa suposição de que fossem capazes da dedicação total, do amor incessante, da chama que consome Eco enquanto Narciso se mira na água fresca. Os ecoístas de ambos os sexos estão por aí mas se ignoram. Aliás, no momento em que deixarem de se ignorar talvez percam sua essência especial passando a se orgulhar de si mesmos, o que representa o primeiro passo para o narcisismo. A coisa é complicada. Seja como for, lavro meu protesto contra o fato de havermos — desde os gregos e, depois, desde que Ovídio reformulou a lenda nas *Metamorfoses* — dedicado tanta prosa, versos e tratados ao narcisismo sem sequer darmos nome ao antiegoísmo que é o ecoísmo.

> Ovídio (43 a.C.-18 d.C.): poeta latino nascido na Itália.
>
> *As metamorfoses* é uma coletânea de antigas lendas da mitologia greco-latina, publicada em 15 volumes.

Devíamos estudar mais de perto a pobre ninfa apaixonada e, afinal de contas, muito mais saudável e amorável do que o caçador que não queria olhar para ninguém que não fosse ele próprio.

Seria perfeitamente possível inventar um poema ou uma peça em que Eco, ao constatar que Narciso não só não olhava para ela como não olhava para ninguém mais, debruçado à beira do lago, a contemplar a si mesmo, tomasse medidas práticas e enérgicas para interná-lo e submetê-lo a um tratamento psiquiátrico que poderia salvá-lo de tamanha patetice. Narciso ficaria sem dúvida grato a Eco, depois de curado, e se casariam e teriam muitos filhos.

· · · · · · · · · · · · · · · · · ·

O CHAFARIZ DE VALENTIM

Como se pode ver pelo que até agora foi dito, tenho mais simpatia pela ninfa Eco do que pelo caçador Narciso. E olhem que conheço ambos bastante bem, ou pelo menos de longa data. Encontrei os dois nos anos 50, quando o diretor do Jardim Botânico do Rio era um amigo meu, o naturalista **Campos Porto**. Estavam então separados, Narciso num bosque não longe do portão principal do Jardim Botânico, olhando para o chão, e Eco a coisa de um quilômetro de distância, entre as árvores, buscando com os olhos o vulto do caçador desdenhoso.

> *Paulo de Campos Porto* foi diretor do Jardim Botânico do Rio de Janeiro de 1951 a 1961.

As duas estátuas tinham sido esculpidas no século XVIII por **mestre Valentim da Fonseca e Silva**, o segundo mais importante escultor do Brasil colonial. O primeiro, naturalmente, foi o **Aleijadinho**.

> *Mestre Valentim da Fonseca e Silva* (1750-1813): escultor, entalhador e paisagista brasileiro.

Mas atenção para um detalhe da maior importância. Enquanto o Aleijadinho, como os demais artesãos-artistas do seu tempo, se dedicou exclusivamente às obras religiosas, Valentim, assim como quem não quer, e fundando para sempre o jeito carioca de conseguir as coisas, convenceu o vice-rei **d. Luís de Vasconcelos** a deixá-lo realizar um sonho: o de fazer o primeiro gesto explícito da arte brasileira em direção à Grécia.

> *Aleijadinho*, Antonio Francisco Lisboa (1713-1804): mestre do barroco brasileiro.

> *D. Luís de Vasconcelos* (1740-1807): português nomeado vice-rei do Brasil em 1778.

Não terá usado palavras assim. Mas terá dito ao vice-rei iluminista e civilizado — que lhe encomendava, bem no coração do Rio, uma praça elegante, o Passeio Público, completado por um chafariz para o povo — que podiam dedicar o chafariz ao namoro imortal entre Eco e Narciso.

O Passeio Público até hoje reverdece e perfuma o centro do Rio, seu imponente portão principal voltado para a rua das Marrecas. A diferença é que em 1785, quando o Passeio foi inaugurado, erguia-se no fim da rua das Marrecas o chafariz de mestre Valentim, jorrando água o dia inteiro, para atender ao relativo asseio dos cariocas de **escol**, que ali mandavam os escravos colher água, e para matar a sede do povo e das bestas de carga. O chafariz era um vasto semicírculo de **cantaria**, terminado em duas pilastras onde duas estátuas se plantavam e se refletiam em duas bacias de água corrente. Eram Eco e Narciso, ele naturalmente se olhando no espelho d'água, e ela olhando para ele. Os escassos documentos da época não registram como mestre Valentim terá convencido o vice-rei e o bispo a permitirem que se erguesse, entre vários conventos, na trilha das procissões, a estátua da ninfa quase nua e doida de amor.

Nos primeiros anos desta época, provavelmente em 1906, o Rio entrou em **febre de modernização** e o Chafariz das Marrecas foi derrubado a marreta, para que se aumentasse o quartel da PM que ainda lá se encontra. No meio da cantaria moída do que tinha sido o Chafariz das Marrecas, Eco e Narciso, sufocados pela **caliça**, estavam prontos para ser transportados em lombo de burro e derretidos, como o soldadinho de chumbo do conto de **Andersen**.

Foram salvos pelo sábio brasileiro **João Barbosa Rodrigues**, que então dirigia o Jardim Botânico e que para seus bosques levou, como quem leva mendigos cegos, aqueles primeiros dois representantes da Grécia antiga a brotarem em terra brasileira. No entanto, transplantados para o Jardim, ficaram pela primeira vez — quem sabe por al-

---

Escol é elite.

Cantaria é pedra para construção.

Febre de modernização: referência à reforma urbana implementada no início do século XX pelo prefeito Pereira Passos para modernizar o Rio de Janeiro.

Caliça: pó de cimento seco que sobra de uma construção ou resulta da demolição de uma obra.

Hans Christian *Andersen* (1805-1875): poeta e escritor dinamarquês, conhecido pelos seus contos para crianças.

João Barbosa Rodrigues foi diretor do Jardim Botânico do Rio de Janeiro de 1890 a 1909.

gum truque mesquinho de Narciso — longe um do outro, ele afinal só consigo mesmo.

(Em tempo: mestre Valentim fez Eco bela mas simples como um pássaro num arrebatado vôo nupcial, enquanto seu Narciso é um caçador produzidíssimo, arco em punho, botas macias, um cão de caça de cabeça erguida, olhando o amo, amoroso também.) Ao dissimulado Narciso só faltava uma coisa, seu espelho d'água.

Quando resolvi, anos atrás, iniciar um pequeno movimento jornalístico em favor da reconstrução do Chafariz das Marrecas no Jardim Botânico, não houve oposição de Narciso, que se limitou a dar de ombros, impaciente. Não importava que Eco, cansativa, recomeçasse a olhá-lo, desde que ele tivesse de novo seu espelhinho.

Reconstituir o enorme chafariz era impraticável, mas o arquiteto **Glauco Campelo** desenhou uma "Evocação" do chafariz, obra muito menor mas graciosa e que põe Eco de novo na sua paquera imortal e Narciso na sua modernidade oca de herói psicanalítico. A "Evocação", patrocinada pela Fundação Roberto Marinho, foi inaugurada em dezembro de 1993.

> Glauco Campelo (1934-): arquiteto brasileiro.

Exército pode se tornar convidado perigoso

Nesta crônica, de 5 de novembro de 1994, que compõe o livro *Crônicas de fim do milênio*, Antonio Callado faz uma reflexão sobre a propriedade, ao comentar um assalto à sua casa em Maricá, que lhe fez perder alguns objetos de grande valor sentimental. E, ainda, impressionado e comovido pela doação do cineasta americano Steven Spielberg a um museu, confronta os hábitos generosos dos americanos ricos em relação à cultura com os milionários brasileiros, egoístas e avarentos, citando a exceção que foi Raimundo de Castro Maia.

Maricá: município da Região dos Lagos do Rio de Janeiro.

Eu tenho à beira do mar, em **Maricá**, uma casa que foi assaltada outro dia. Em geral só ocupamos a casa, minha mulher e eu, nos fins de semana, e não temos caseiro residente. Foi fácil ao ladrão arrombar a porta, no meio da semana, e servir-se. Nossa faxineira, que mora perto e vai à casa todos os dias, nos comunicou o roubo por telefone, e a Maricá fomos, para cumprir o dever de dar parte à polícia, depois de avaliarmos o prejuízo.

Roubaram, é claro, a televisão, roupa de cama, uma mesa, um armário de banheiro. Mas pelo menos não eram ladrões violentos, raivosos, pensei. Não quebraram por quebrar, não destruíram o que não levaram. Deixaram na parede, em seus caixilhos, belas gravuras de **Carlos Scliar**. Não tocaram numa Sant'Ana de pau, pernambucana, com Nossa Senhora Menina em pé e de mãos postas, dentro da barriga da mãe.

Carlos Scliar (1920-2001): pintor brasileiro.

Pierre-Joseph Proudhon (1809-1865): teórico socialista francês.

Assim, fui aos poucos me consolando. Citei para mim mesmo **Proudhon**: "A propriedade é o roubo." E me deu uma curiosidade sobre Proudhon. Procurei uns dados a seu respeito em *To the Finland Station*, de Edmund Wilson. Era filho de um humilde **tanoeiro**, mas estudou a ponto de ensinar grego, latim, hebreu. E de chegar à conclusão que durante muito tempo encantou **Marx** e me servia de bálsamo agora: *"La proprieté c'est le vol."* Roubar, portanto, seria apenas passar a outro dono um objeto que não pertence a ninguém, pois a propriedade é injustificável.

> *To the Finland Station* é o título original do livro *Rumo à estação Finlândia*.
>
> Edmund Wilson (1895-1972): crítico e escritor norte-americano.
>
> Tanoeiro é quem faz e/ou conserta barris.
>
> Karl Marx (1818-1883): filósofo, economista e socialista alemão.
>
> *"La proprieté c'est le vol."*, ou seja, "A propriedade é o roubo.", em francês.

Aí fiquei curioso de saber se Proudhon jamais teve ladrão em casa, pois constatei, pesquisando mais fundo, que os ladrões de Maricá me haviam levado um antigo binoclinho de teatro, alemão, com o qual eu costumava olhar as gaivotas, e uma lanterna elétrica japonesa, dessas que a gente recarrega ligando a lanterna na tomada.

O binoclinho era muito do meu afeto, e a lanterna, o objeto mais prezado dos meus netos, gêmeos. Voltei, agora com certo ressentimento, ao livro de Wilson e pesquisei a vida de Proudhon numa enciclopédia, chegando à conclusão de que de fato ele nunca teve a casa assaltada. Ou, se teve, não contou a ninguém, para não perder a frase.

· · · · · · · · · · · · · · · · · · ·

POBRES RICAÇOS

A mídia brasileira deu muito maior destaque à fundação, por **Steven Spielberg**, de um estúdio que promete tomar conta da indústria cinematográfica do que à doação

> Steven Spielberg (1946-): cineasta norte-americano.

Antonio Callado ⌘ 19

> O *Museu do Holocausto* de Washington, inaugurado em 1993, relembra o extermínio de seis milhões de judeus e outras vítimas do nazismo durante a Segunda Guerra Mundial.
>
> *Self-made men*: expressão, em inglês, para designar homens que venceram pelo seu próprio esforço.
>
> *Entertainment*, isto é, entretenimento, diversão, em inglês.
>
> David Geffen e Jeffery Katzenberg são sócios de Steven Spielberg na Dreamworks, um dos maiores estúdios de cinema dos Estados Unidos.

> Saul Bellow (1915-): escritor americano-canadense.
>
> Philip Roth (1933-): escritor norte-americano.

por ele feita, de nada menos que dois milhões de dólares, ao **Museu do Holocausto**, de Washington.

O referido estúdio só pode dar certo, pois reúne três *self-made men* que ficaram milionários trabalhando na poderosa indústria do *entertainment*: um certo **David Geffen**, na música, **Jeffery Katzenberg**, que ergueu das cinzas os estúdios Disney, e o nosso Spielberg, que partiu das mais descaradas receitas de sucesso (como *Tubarão*, *E.T.* e *Parque dos dinossauros*) para compor seu grave e monumental adendo ao Velho Testamento que é a *A lista de Schindler*.

Spielberg é o maior artista americano deste século. Com a *Lista* ele conquistou seu régio lugar mesmo entre os romancistas americanos de origem judaica, que são os melhores da literatura americana atual, como **Saul Bellow** e **Philip Roth**.

Ora, tem tudo a ver com a carreira desse artista incomum a entrega que acaba de fazer de uma fortuna ao Museu do Holocausto. A doação é uma continuação de *A lista de Schindler*. Spielberg realmente faz questão de que ninguém esqueça o inferno que os nazistas montaram na Europa. A lembrança monumental está no Museu do Holocausto. A lembrança vital, desesperada, há de aterrar o mundo para sempre, em *A lista de Schindler*.

Além disso, a doação prova que Steven Spielberg, menino pobre que foi, mal se transformou em milionário americano já cuida de transferir um pouco da fortuna que fez para obras de sua devoção.

No Brasil, não me espantou nada que a doação mal se noticiasse. A notícia tem algo de inacreditável para nós. Nossos ricaços são tão avarentos que nos fazem crer que os de outros países não podem ser diferentes. As universidades americanas, por exemplo, vivem em grande parte de doações particulares. Os ricos de lá (que têm também o estranho hábito de pagarem seus impostos) fazem doações que ligam seus nomes às artes, à cultura, à caridade.

Eu só conheci, de vê-lo em carne e osso, um milionário brasileiro que pensou a vida toda em transformar seu patrimônio em bem de todos. **Raimundo Castro Maia**. Colecionou arte brasileira, descobriu e comprou pranchas inéditas de **Debret**, morou em casas lindas cercado de boa arte brasileira e européia e, ao morrer, legou tudo isso ao povo brasileiro. Deu grandes festas em sua **Chácara do Céu**. Agora, sem ele, a festa é permanente, *open house*.

Mas nossos ricaços devem considerar Castro Maia meio ruim da cabeça, *détraqué*, como se dizia antigamente. Não querem deixar seu nome ligado a frivolidades como cultura ou educação ou — pela madrugada! — caridade. Contentam-se em ter o nome gravado em letra de mármore ou bronze no **São João Batista** ou na **Consolação**. Que a terra lhes seja leve.

Raimundo Ottoni de Castro Maia (1894-1968): industrial brasileiro patrono das artes.

Jean-Baptiste Debret (1768-1848): pintor, desenhista e gravador francês, integrante da Missão Artística Francesa que veio ao Brasil em 1816.

Chácara do Céu: antiga residência de Castro Maia, atual Museu da Chácara do Céu.

Open house significa "casa aberta", em inglês.

Détraqué é biruta, perturbado, em francês.

São João Batista: cemitério localizado em Botafogo, Rio de Janeiro.

Consolação: referência ao cemitério mais antigo de São Paulo.

ENSAIO GERAL

> *Josias de Souza*: jornalista da *Folha de S. Paulo*.

Com trágica simplicidade **Josias de Souza** descreveu na *Folha* (31 de outubro) o ensaio geral da tragédia que o Brasil está querendo encenar: "A miséria não bate mais à nossa porta: invade. Não estende a mão diante do vidro do carro: arranca o relógio dos braços distraídos. No Brasil de hoje, resumido pela realidade do Rio, a riqueza é refém da miséria." O Rio resume o Brasil. Posto sob alguma espécie de controle militar, o Rio deixa de ser uma calamidade carioca: é um vaticínio para o resto do país.

Militar brasileiro gosta tanto de ser chamado a restabelecer a ordem nas ruas quanto uma solteirona de ser convidada a jantar fora. Só que o jantar pode durar vinte anos, como durou a partir de **1964**.

> *1964*: ano em que foi instaurada a ditadura militar no Brasil, que se estendeu até o final da abertura política, em 1985.

América Latina é hoje nau de insensatos

Nesta crônica de 2 de setembro de 1995, que também faz parte de *Crônicas de fim do milênio*, o autor, preocupado com as origens e o destino da América Latina, demonstra profundo conhecimento das diversas literaturas do continente e constata como os principais intelectuais contemporâneos têm maior preocupação com o futuro do que com a pesquisa e estudo de suas origens.

Qualquer história da imprensa mundial na primeira metade deste século há de registrar a invenção, com **Time Magazine**, da revista-jornal por excelência.

> *Time Magazine:* revista semanal norte-americana.

Time criou no mundo todo versões nacionais, como são no Brasil *Veja* e *Isto é*. Quero deixar registrado aqui, no entanto, para algum futuro historiador, que uma das sementes plantadas na revista *Time* daqueles tempos fundadores não vingou em nenhuma das revistas-filhotes nem durou muito tempo na própria *Time*.

Refiro-me a uma seção fixa, que se chamava *The Hemisphere* e cuidava, especificamente, da América Latina. Eu gostava dessa seção, quando a lia, coisa de uns quarenta anos atrás. Como nada sabemos, no Brasil, dos demais países ibéricos que nos cercam (e somos pagos na mesma moeda), aquele departamento era útil resumo do que ocorria do sul dos Estados Unidos à **Terra do Fogo**, conferindo, assim, uma certa "realidade" ao vago conceito, inventado pelos franceses do tempo de **Napoleão III**, de um bloco americano autônomo, impregnado de "latinidade", independente da pujante América inglesa.

> *Terra do Fogo:* arquipélago compartilhado por Argentina e Chile, no extremo sul da Patagônia.
>
> Carlos Luís Bonaparte, *Napoleão III* (1808-1873): imperador dos franceses.

Antonio Callado ☙ 23

A página The Hemisphere, em suma, consolidava, pelo menos graficamente, esse gigante mole e informe que fala espanhol, português e um pinguinho de francês no Haiti. No fundo, no fundo, acho que Time encerrou a página que nos dava essa consistência por falta de interesse dos leitores, ou talvez mesmo devido à hostilidade dos próprios países latino-americanos.

A América Latina não gosta do nome que tem porque não gosta de ser aquilo que é. São países que se consideram, todos e cada um, em eterna formação e em busca de uma identidade. Como já disse não sei quem, todos eles sabem muito bem a identidade que têm — mas não gostam dela. Preferem, por isso, fingir que ainda não têm nenhuma.

Antigamente os países do hemisfério queriam parecer com a França, ou, uns poucos, com a Inglaterra. Hoje querem todos parecer com os Estados Unidos. A desgraça é que a cada decênio que passa mais se parecem uns com os outros. No momento parecem uma penca de gêmeos — como aquelas **irmãs Dionne** do Canadá, lembram-se? Ou talvez pareçam, isto sim, com a **família Addams**, criada pelo finado humorista **Charles Addams**.

O que é que há com The Hemisphere? A começar pelo pior no momento, o México, com o povo espoliado por malfeitores nos mais altos postos da República, e a terminar na inquieta Argentina, o que vemos é a Venezuela de um presidente **Pérez** derrubado e de bancos que continuam a desmoronar às mãos de um desnorteado presidente **Caldera**, e a Colômbia, em que o próprio presidente **Samper** é suspeito de haver ganho a eleição com dinheiro do tráfico de cocaína.

Irmãs Dionne: célebres quíntuplas nascidas em 1934.

Família Addams: personagens de séries de TV, desenhos animados e filmes.

Charles Addams (1912-1988): famoso cartunista norte-americano.

Carlos Andrés Pérez (1922-): presidente da Venezuela de 1974 a 1979 e de 1989 a 1993.

Rafael Caldera (1916-): presidente da Venezuela de 1969 a 1974 e de 1994 a 1999.

Ernesto Samper Pizano (1950-): presidente da Colômbia de 1994-1998.

No Peru, onde pelo menos o meio-ditador **Fujimori** foi reeleito pelo povo, vigora um regime de classificação difícil e democracia precária, enquanto no Chile, em geral mais equilibrado e sério que seus *hermanos* latino-americanos, o Exército desmoraliza quando bem lhe apraz o poder civil e parece haver institucionalizado a perpetuidade física e política desse **Pinochet** inextinguível.

> *Alberto Fujimori* (1938-): presidente do Peru de 1990 a 2000.
>
> *Hermanos* significa irmãos, em espanhol.
>
> *Augusto Pinochet* (1915-): ditador que presidiu o Chile de 1974 a 1990.

Acho que mesmo os grandes intelectuais latino-americanos, escritores, pensadores que outrora saíam do gabinete para tentar escrever o poema ou romance do próprio país, cansaram de tentar domar personagens tão insuportáveis e situações tão intratáveis como as do *Hemisphere*.

Não há mais o intelectual elaborando a pátria como um livro principal — caso do cubano **José Julian Martí**. Ou do primeiro presidente civil da Argentina, **Domingo Sarmiento**, autor de *Facundo*. Ou ainda de **Rómulo Gallegos**, que ficou famoso com o romance *Dona Bárbara* e que, empossado presidente da Venezuela em fevereiro de 1948, foi derrubado por um golpe militar em novembro do mesmo ano.

No Brasil, a principal tentativa de chegada ao poder de um criador de literatura foi a de **José Américo de Almeida**, fundador do romance nordestino com *A bagaceira* e candidato à Presidência da República na eleição que não houve, de 1937.

> *José Julian Martí* (1853-1895): escritor cubano, herói da independência de seu país.
>
> *Domingo Faustino Sarmiento* (1811-1888): político e escritor argentino, presidente da República de 1868 a 1874.
>
> *Rómulo Gallegos* (1884-1969): escritor e político venezuelano.
>
> *José Américo de Almeida* (1887-1980): escritor e político brasileiro.

O ficcionista, antropólogo e ensaísta brasileiro que ainda é capaz de chegar à Presidência da República (apesar de,

> Darcy Ribeiro (1922-1997): antropólogo, educador e escritor brasileiro.

como diz, preferir a coroa de imperador) é **Darcy Ribeiro**. No entanto, ao ler no mais recente número de *Discursos acadêmicos*, publicação da Academia Brasileira de Letras, o discurso de posse de Darcy Ribeiro na dita ABL, vejo como mesmo esse cultor da idéia de uma América Latina fadada a grandes destinos anda meio distante, em suas meditações, da pátria continental com que sonhava **Bolívar**.

> Simón Bolívar (1783-1830): general e estadista venezuelano.

Darcy tomou posse de sua cadeira na Academia em abril de 1993, bem antes da grave crise de saúde que o levou ao hospital e à sua por assim dizer espetacular fuga da UTI que o transformou de repente em herói nacional, *superman*. Tomou a foice das mãos da Morte e deixou para trás aquele inferno de suspiros e gemidos que é qualquer Unidade de Tratamento Intensivo.

Cerca de um ano depois de ser feito imortal acadêmico, Darcy resolveu conquistar a imortalidade a tapa, na sala de espera da morte. Viva ele. Estive lendo agora seu discurso de posse e nele encontro os temas que ocuparam Darcy quando, ao sair da UTI, se dirigiu ao país como um profeta **Daniel** saído da cova dos leões.

> Daniel (séc. VII a.C.): um dos quatro grandes profetas bíblicos.
>
> Petit Trianon: castelo construído em Versalhes (França), cuja réplica no Rio de Janeiro abriga a Academia Brasileira de Letras (ABL).

Disse Darcy, no discurso do **Petit Trianon**, que o Brasil é "uma romanidade tardia, tropical e mestiça. Uma nova Roma, melhor, porque racialmente lavada em sangue índio, em sangue negro. Culturalmente plasmada pela fusão do saber e das emoções de nossas três matrizes; iluminada pela experiência milenar dos índios para a vida no trópico; espiritualizada pelo senso musical e pela religiosidade do negro".

Darcy é, entre os brasileiros, um dos maiores conhecedores da América Latina em geral, inclusive porque em países como o Uruguai e o Peru curtiu períodos de exílio. Mas na sua evocação atual o Brasil ocupa o palco inteiro.

Sua Roma tardia parece falar cada vez mais uma só língua, português. Vamos ver se na carreira que acaba de iniciar, de articulista da *Folha*, Darcy dará alguma eventual olhadela a este continente que parece desmoronar-se a cada dia que passa.

A América de **Vargas Llosa** me parece exclusivamente peruana e, mais ainda, peruano-espanhola. O passado indígena do Peru, com suas glórias **incaicas**, não diz nada, ou muito pouco, ao autor de *Peixe na água*.

Já mencionei nesta coluna que, quando nos encontramos na *Folha*, em almoço que o jornal lhe ofereceu, falei a Vargas Llosa dos **incas** e ele quase fez uma careta. Disse que formaram sem dúvida uma civilização, mas fechada e sanguinária. Fiquei espantado, e ia falando no banho de sangue com que os espanhóis acabaram com a civilização já tão estruturada dos incas mas vi logo que ia dar murro em ponta de faca. **Borges**, que eu me lembre, perdeu tanto tempo com os índios que um dia dominaram o território argentino quanto **Guimarães Rosa** com **tupis** e **guaranis**, isto é, nenhum.

A verdade é que *nuestros países* estão cada vez menos preocupados com aquilo que um dia foram. Talvez por estarem tentando descobrir aquilo que um dia serão, perspectiva algo aflitiva se levarmos em conta o que são no momento, por exemplo, a Venezuela e a Colômbia.

Mario Vargas Llosa (1936-): romancista e contista peruano.

Incaicas ou relativas aos incas.

Incas: povo indígena do Peru na época da conquista espanhola.

Jorge Luis Borges (1899-1986): poeta, ensaísta e contista argentino.

João Guimarães Rosa (1908-1967): romancista e contista brasileiro. Membro da ABL.

Tupis eram o povo indígena que habitava o Norte e o Centro-Oeste do Brasil.

Guaranis: povo indígena que habita o Brasil, e também Paraguai, Bolívia e Argentina.

Nuestros países significa nossos países, em espanhol.

Antonio Callado ⌘ 27

A doce república do Tuatuari

Tuatuari é um afluente indireto do rio Xingu, no Mato Grosso.

Xingu: afluente do rio Amazonas.

Os irmãos Orlando, Cláudio e Leonardo Villas Bôas desbravaram a região central do Brasil nos anos 1940, estabeleceram contato com tribos desconhecidas, lutaram pela preservação indígena e criaram a reserva do Xingu.

O *Parque Indígena do Xingu*, localizado no Mato Grosso, tem como objetivos a proteção ambiental e das populações indígenas.

Vip (sigla de *Very Important Person*, "pessoa muito importante", em inglês) é algo destinado a esse tipo de pessoa.

Iniciada em 1943, sob a liderança dos irmãos Villas Bôas, a *Expedição Roncador-Xingu* desbravou o coração do Brasil, desvendou a Amazônia e travou contato com tribos indígenas.

Jânio Quadros (1917-1992): presidente do Brasil de janeiro a agosto de 1961.

. . . .

Nesta crônica, publicada num caderno especial do *Estado de S. Paulo* sobre os irmãos Villas Bôas, Antonio Callado recorda, emocionado, a criação do Parque do Xingu pelos irmãos Orlando, Leonardo e Cláudio Villas Bôas e a participação mítica do médico Noel Nutels. Vislumbra esta obra como a redenção de um Brasil difícil de aturar.

. . . .

Quando o Brasil em geral fica difícil de aturar, eu fecho os olhos um instante e me refugio no pedaço do Brasil onde corre o Tuatuari. Não passa o Tuatuari de um riachinho, um humilde formador do poderoso **Xingu**, mas à sua margem os **irmãos Villas Bôas** — Orlando, Cláudio, Leonardo — estabeleceram a sede do **Parque Indígena do Xingu**, onde nossos índios passaram a receber o único tratamento *vip* que jamais tiveram ou terão. Membros da **Expedição Roncador-Xingu**, esses irmãos mágicos coroaram sua obra de desbravamento delimitando, criando aos poucos o Parque Indígena xinguano. Tão mágicos eram que, durante o efêmero governo **Jânio Quadros**, conseguiram que o presidente criasse oficialmente o Parque. Foi o que deixou Jânio de útil e de grande.

Nos anos 50, como jornalista, estive lá no Parque, com Orlando e Cláudio —

Leonardo já estava prestando serviços à Fundação Brasil Central — e com **Noel Nutels**, que cuidava da saúde dos índios. Minha primeira visita durou uma semana, e fiquei estupefato de ver como, além do exaustivo trabalho de cada um, todos tinham tempo de acolher os índios, conversar com eles por cima de barreiras de língua, conviver com eles. Os **curumins** se juntavam de tardinha ao redor da rede do médico, não para qualquer consulta: para ouvirem o ***crooner*** que era Noel, para cantarem com ele. **Redimindo** as antigas bandeiras de ferro, fogo e escravidão, a bandeira Roncador-Xingu aderiu aos índios. Quando lá cheguei a primeira vez, cheguei de botas. Todos andavam de tênis ou sapato velho. Orlando andava quilômetros por dia, no mato, feito os índios: descalço!

Os Villas não conseguiram, durante seus decênios de vida na floresta a amansar os índios pela ternura, criar como queriam outros parques indígenas, em outras áreas. Mas o que criaram dura até hoje, neste país **juncado** de ruínas novas. Visitei de novo o Parque Indígena do Xingu em 1988, quando **Ruy Guerra** lá fazia um filme chamado ***Kuarup***.

Fiquei entusiasmado ao ver como o Parque, com seus 26 mil quilômetros quadrados e cerca de dois mil índios, resistia bem ao passar dos anos. Criação amorosa é assim, pensei, dura muito, ou talvez não acabe nunca. Lá encontrei um índio velho, antigo "capitão" ao tempo das minhas visitas. Era o chefe **yawalapiti**

Noel Nutels (1913-1973): médico e sanitarista ucraniano que se dedicou à defesa das populações indígenas brasileiras e ao tratamento de suas doenças.

Curumins são meninos.

Crooner significa, em inglês, cantor de músicas populares.

Redimindo ou reparando os danos, recompensando.

Juncado, isto é, coberto.

Ruy Guerra (1931-): cineasta moçambicano atuante no Brasil.

Kuarup: filme produzido por Ruy Guerra em 1988, baseado no romance *Quarup* de Antonio Callado.

Yawalapiti: indivíduo dos yawalapitis, povo indígena que vive na parte sul do Parque Indígena do Xingu.

Antonio Callado ⋈ 29

> *Garboso* é que tem elegância.
>
> *Camaiurás*: povo indígena que vive na parte sul do Parque Indígena do Xingu.

Canato, que conheci atlético e **garboso**, casado com duas irmãs **camaiurás**. Ele me garantiu que estava me reconhecendo, lembrando de mim, "amigo de Orlando". Acho que falei com ele um tanto comovido, tentando reatar os fios com o passado e lembrando a Canato que tinha feito até fotografias dele quando moço, com duas belas esposas. Canato me respondeu, tranqüilo e orgulhoso: "Agora tenho três."

Assim é o Parque Indígena do Xingu. Assim se vive naquela república dos irmãos Villas Bôas, para onde viajo quando o Brasil exagera.

Reportagem

· · · · · · · · · · · · · · · · · · ·

Alguns dados básicos sobre Fawcett

Percy Harrison Fawcett nasceu em Torquay, Inglaterra, no ano de 1867. Aos 26 anos de idade, servindo, como oficial britânico, em **Ceilão**, teria descoberto numa rocha antigas inscrições. Pelo menos desde 1909 conhecia o Brasil e o sertão brasileiro, pois nesse ano, a serviço do governo boliviano, andou fazendo, com bolivianos e brasileiros, o levantamento de um rio da fronteira. Teve conhecimento da existência, na Biblioteca Nacional do Rio, de um documento atribuído a **bandeirantes** e que relata a descoberta, em 1753, de uma Cidade Abandonada no sertão brasileiro, provavelmente de fabulosa idade histórica. O documento, que ainda lá está, no cofre da Biblioteca Nacional, e que em 1869 já fora traduzido para o inglês, no livro do capitão **Richard F. Burton**, *Highlands of the Brazil*, transcreve certos caracteres indecifráveis que os bandeirantes teriam copiado em vários pontos da cidade. Esses caracteres, Fawcett os teria identificado com os que descobrira em Ceilão. Em 1920, com autorização do governo brasileiro, Fawcett fez sua primeira tenta-

Ceilão: atual Sri Lanka, ilha ao sul da Índia.

Bandeirantes: participantes de expedição armada que desbravava os sertões brasileiros, entre os séculos XVI e XVIII, a fim de cativar o gentio ou descobrir minas.

Richard F. Burton (1821-1890): escritor e lingüista inglês.

Highlands of the Brazil: livro publicado no Brasil com o título *Viagens aos planaltos do Brasil*.

tiva de encontrar a Cidade Abandonada. Em 1925 tentou novamente, então fazendo-se acompanhar de seu filho Jack e do jovem Raleigh Rimell. Desapareceu na selva.

Inúmeras foram as histórias dos que "viram" Fawcett ou dos que encontraram provas de sua morte. Em abril de 1951 foram desenterrados à beira do rio Culuene, um formador do Xingu, ossos que se imaginou fossem os de Fawcett. O livrinho que se segue gira em torno da visita que fez o autor em 1952 à cova de onde saíram esses ossos, na companhia de Brian Fawcett, um filho do explorador britânico desaparecido.

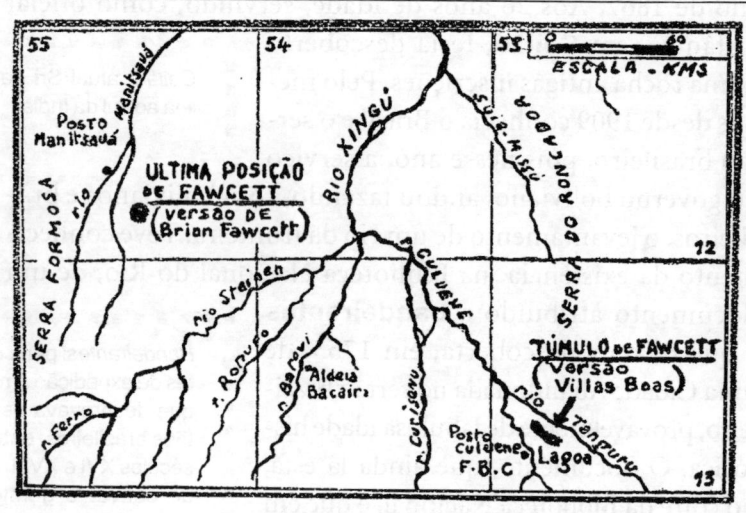

A se acreditar na última posição geográfica comunicada por Fawcett à Real Sociedade de Geografia de Londres, ele teria desaparecido perto de **Manitsauá** e não à beira do Culuene, e teria andado em nove dias o percurso do rio **Batovi** ao Manitsauá — façanha que, segundo mais experimentados sertanistas, levaria facilmente toda uma estação seca. (*Mapa de Pierre Garnotel*)

- *Manitsauá*: afluente do rio Xingu.
- *Batovi*: rio do Mato Grosso.

Esqueleto na lagoa Verde

A Expedição Dyott

Este texto faz parte da série de reportagens *Esqueleto na lagoa Verde*, publicada em 1953 no *Correio da Manhã*, em que Callado descreve as buscas que foram feitas por um explorador americano à procura do inglês Percy Harrison Fawcett, desaparecido misteriosamente. Fawcett sumiu quando tentava encontrar, pela segunda vez, a Cidade Abandonada, baseado em documento atribuído a bandeirantes. O repórter brasileiro, em companhia do filho de Fawcett, Brian, tenta esclarecer tudo. Como resultado, as buscas de ambos resultam num terceiro mistério.

Antes de vermos como a personalidade de Fawcett e sua busca simbólica emprestaram ao seu desaparecimento uma curiosidade muito maior do que a que poderia ser razoavelmente explicada, fixemos bem os fatos relacionados ao seu desaparecimento. O melhor meio de chegarmos a esse resultado é resumir aqui, em suas linhas gerais, o que apurou em Mato Grosso, apenas três anos após o desaparecimento de Fawcett, o explorador americano **George Miller Dyott**. Em 1928 Dyott realmente teve uma oportunidade de descobrir o que acontecera a Fawcett e, ao nosso ver, descobriu o bastante para provar que Fawcett *pelo menos* (se é que ali não morreu, como é provável) passou por aquela região dos formadores do Xingu e desapareceu ali mesmo por onde andamos nós com seu filho Brian, perto do Culuene, aos 12 graus e 45 minutos lat. sul. Acentuamos o *pelo menos*, pois Brian Fawcett acredita que o pai desapareceu — isto é,

> George Miller Dyott: comandante inglês. Chefiou em 1928 uma expedição de resgate que seguiu a última rota conhecida de Fawcett.

datou sua última mensagem — de um ponto muitíssimo distante do Culuene, perto do rio Manitsauá, aos 11 graus e 43 minutos de lat. sul. Ele acredita que o pai não tenha sequer chegado perto dos formadores do Xingu na sua *segunda viagem* pelo sertão de Mato Grosso. Acentuamos também a *segunda viagem* pois com o argumento da primeira viagem, realizada em 1920, Brian Fawcett tenta desfazer tudo quanto se descobriu sobre seu pai na zona do Culuene. Os objetos encontrados, os dados obtidos como sendo da viagem de 1925 seriam todos referentes à viagem de 1920, isto é, nada esclareciam do mistério.

. . . .

A versão de Fawcett no Manitsauá vem de uma derradeira mensagem sua, datada de 30 de maio de 1925, na qual ele dá aquela latitude como sendo sua posição geográfica e acrescenta: "Nossos dois guias regressam daqui." Fawcett, como está sobejamente provado pelas suas reticências e meias palavras, queria sobretudo evitar que alguém o seguisse em busca da Cidade Abandonada. Isto nos parece ainda mais claro diante do que diz Dyott em seu livro. A **Fawcett Relief Expedition**, de Dyott, custeada principalmente pela **North American Newspaper Alliance**, foi algo enorme, quase em estilo **Cecil B. de Mille**. Enquanto Fawcett achava que com seus dois companheiros tinha o máximo desejável de gente, Dyott levou toda uma caravana de bois de carga, burros de montaria e um total de 26 pessoas, que se transformaram em 17 quando ele despediu os demais com os bois, ao iniciar a subida do **rio Curisevo ou Culuseu**. Com seu material cinematográfico e ra-

---

Fawcett Relief Expedition se traduz do inglês por "Expedição de Ajuda a Fawcett".

North American Newspaper Alliance é uma associação que reúne empresas jornalísticas dos Estados Unidos.

Cecil B. de Mille (1881-1959): cineasta norte-americano.

Rio Curisevo ou Culuseu é um dos rios formadores do Xingu, ao norte do Mato Grosso.

diotelegráfico e sua "bóia", Dyott levava uma bagagem de três toneladas. A bóia eram 350 quilos de carne-seca, cinco sacas de arroz, cinco de farinha e, para cada homem, um saco de açúcar, café e sal. E na última página do seu livro ele lamenta não ter tido recursos para levar mais gente.

Mas vejamos os fatos reunidos por Dyott.

Em Cuiabá ele encontrou um filho do coronel Hermenegildo Galvão, dono da fazenda de Rio Novo, onde Fawcett se hospedara antes de partir para a viagem. Em 1943 **Edmar Morel** entrevistou Galvão e publicou cópia de uma carta que a este dirigira Fawcett no dia 7 de maio de 1925. Chegando ao Posto Simões Lopes, ou Bacaeri, Dyott tirou a sorte grande de encontrar Bernardino, o índio Bacaeri que acompanhou Fawcett como guia, e que disse que este não subira o Paranatinga, em busca da região do Manitsauá (onde dizia pretender andar para leste, em busca da cidade perdida na Bahia!) e sim que descera o Curisevo, um afluente do Culuene. Na página 126 do seu livro Dyott conta como ouviu de Bernardino a história de duas canoas de índios de que Fawcett tranqüilamente se apossou para descer o rio — um dos muitos incidentes que mostram o explorador inglês como homem voluntarioso e de métodos algo drásticos em suas relações com a humanidade. Bernardino mostrou a Dyott o ponto em que Fawcett o despedira, seguindo a pé para a maloca dos **anauquá** ou **nafuquá**.

> *Edmar Morel* (1912-1988): escritor e jornalista brasileiro.

> *Anauquá ou nafuquá*: tribo indígena do Culiseu e Culuene, afluentes do Xingu.

(Tudo isto que viemos narrando até agora — e suprimimos inúmeros detalhes de valor arrolados por Dyott — é dado por Brian Fawcett como não tendo acontecido ou tendo acontecido em 1920.)

Nos nafuquá, Dyott realmente encontrou coisas. Um filho do cacique, Aloique, tinha pendurado no pescoço, entre outros balangandãs, uma plaquinha oval, de cobre, com as seguintes palavras gravadas: "W.S. Silver and Company, King

William House, Eastcheap, London." Era o nome da firma que suprira Fawcett de material para a viagem! E, dentro da maloca de Aloique, viu uma maleta de metal idêntica às usadas pelos oficiais britânicos no Oriente. Como veremos, Fawcett, quando moço, serviu em Ceilão.

(Quando lembrei a Brian Fawcett esses achados de Dyott ele retrucou que tais objetos tinham sido **alijados** pelo pai em 1920. Quando objetei que ninguém sabia que Fawcett tivesse, então, visitado o Curisevo e o Culuene sua resposta foi que objetos assim viajam muito entre os índios. Não pense o leitor que não gostei de Brian Fawcett. Ao contrário. É um tipo correto, interessante. Mas deve ter herdado a teimosia **pétrea** do papai **vitoriano**.)

> *Alijados* é o mesmo que abandonados, largados.
>
> *Pétrea* vem de "pedra" e significa impiedosa, dura.
>
> *Vitoriano*: que demonstra respeitabilidade, puritanismo. Termo relativo ao reinado da rainha Vitória da Inglaterra.

Quando Dyott perguntou a Aloique como conseguira a caixa de metal, o cacique, meio hesitante, retrucou que um dos **caraíbas** altos — já então Aloique falara nos três exploradores, explicando que haviam sido mortos pelos índios **suiá** — lhe pedira que levasse a caixa cheia de farinha até o Culuene e que então a caixa seria sua. Assim a obtivera.

> *Caraíbas* são homens brancos, europeus, na linguagem dos índios.
>
> *Suiá* é uma das tribos indígenas do alto Xingu.

Por essas alturas Dyott estava mais do que convencido de que Aloique trucidara Fawcett e seus companheiros. Mais adiante, nas ruínas de uma choupana em que Fawcett pernoitara, Aloique apontou no chão um objeto e Dyott ergueu um dos **polvarinhos** do explorador. Aloique levou Dyott aos **calapalo**, pois na aldeia deles, segundo as informações nafuquá, Fawcett e os dois rapazes teriam dormido uma noite, antes de seguir para o Culuene — e para a morte. Dyott ouviu dos calapalo que Fawcett tinha morrido

> *Polvarinhos* são utensílios onde se leva a pólvora para a caça.
>
> *Calapalo* é uma tribo indígena da região dos formadores do Xingu.

depois de andar cinco dias para leste do Culuene — e isto foi afinal confirmado por Aloique. Só que os calapalo tendiam a pôr a culpa nos nafuquá, que incriminavam os suiá...

....

Aí estão as principais descobertas de Dyott, que por vários motivos não pôde viajar cinco dias para leste do Culuene, onde esperava encontrar os cadáveres dos exploradores. Muita gente poderá rir de várias coisas no livro de Dyott e principalmente da sua fuga final. Mas nós passamos dias no Posto Culuene, e isto basta para não se ter vontade de rir de quem passou meses vagando por aqueles matos na trilha do coronel Fawcett.

Registremos ainda que, já no fim da sua aventura, Dyott um dia fixou bem os olhos nas calças que Aloique usava e que, como todas as calças de índios, só podiam ser um presente de homem branco. Não eram as que Dyott lhe dera. Eram "provavelmente de Fawcett pois tinham corte nitidamente inglês".

A narrativa de Dyott tem um valor excepcional — e dificilmente imaginaríamos o explorador americano a descobrir tantos indícios de Fawcett se por lá houvesse andado *oito anos* (como quer Brian Fawcett) e não três anos depois de sumir o explorador. Este, como é público e notório, viajava com um mínimo de tudo. Alijava, portanto, pouquíssima coisa. Oito anos depois dificilmente ainda se encontraria algum rastro da sua passagem.

Não deixemos agora de acrescentar que a trilha percorrida por Dyott e Aloique como sendo a do coronel britânico antes de desaparecer na mata é fantasticamente coincidente com a trilha que palmilhamos nós rumo à Lagoinha da Mata... Que os ossos achados por Villas Bôas não sejam de nenhum dos três ingleses é coisa realmente de assombrar. A vida não imita a arte coisa nenhuma. Artisticamente falando, os ossos da lagoinha são de Percy H. Fawcett.

Vietnã do Norte: advertência aos agressores

· · · · · · · · ·

DA ARTE DE CHEGAR A HANÓI

> A Conferência de Genebra (1954) estabeleceu a divisão do Vietnã em: *Vietnã do Norte*, socialista, e Vietnã do Sul, pró-capitalista.
>
> Hanói é a capital do Vietnã, às margens do rio Vermelho.

Este episódio, retratado por Callado, faz parte da série de reportagens *Vietnã do Norte: advertência aos agressores*, escrita em 1968 e só publicada em 1977, em que o jornalista descreve a brava luta do povo vietnamita contra o invasor estrangeiro. Antonio Callado, após dez meses de espera, consegue chegar a Hanói, via Londres–Paris–Atenas–Cairo–Paquistão–Camboja–Phnom-Penh, a capital, única ligação para Hanói. As dificuldades são apresentadas com humor, mas têm fundamento político claro e terminam com versos do poeta português Luís de Camões sobre o rio **Mekong**.

> *Mekong* ou *Mecom*: rio da Indochina.

· · · · · · · · · · · · · · · · · ·

Faz parte integrante da literatura dos pouquíssimos jornalistas que conseguiram chegar a Hanói, um relato das tribulações e padecimentos suportados para lá chegar. Eis o meu relato:

Em setembro de 1967, quando o *Jornal do Brasil* me deu a licença de partida e os ***traveler's check*** para tentar na Europa essa moderna conquista do **Santo Graal** que é o visto de Hanói, comecei por Londres. E devo confessar que quando a primeira onda de desânimo me envolveu, fiz uma peregrinação supersticiosa a um dos santuários de Karl Marx, que existem na Inglaterra. Não fui ao seu túmulo maciço e feio no cemitério de **Highgate**, e sim a um excelente restaurante italiano do **Soho**.

> *Traveler's check* é o nome, em inglês, para cheques de viagem.
>
> *Santo Graal* é o cálice de que Jesus se teria servido na última ceia.
>
> *Highgate* é uma zona do norte de Londres, Inglaterra.
>
> *Soho* é um bairro de Londres, Inglaterra.

Estava em companhia de Brian Darling, da nova esquerda britânica, e buscávamos um restaurante para almoçar. Em Dean Street, Brian se deteve diante do Leoni's Restaurant, também chamado **Quo Vadis**, e me apontou a placa que havia no sobrado da velha casa em que funcionava o restaurante. A placa dizia: *Karl Marx morou aqui, 1851-1856*. Isto vai me dar sorte, pensei comigo mesmo. *Quo Vadis*, Marx e um bom **Chianti** devem resolver qualquer problema de *jettatura* contra a viagem.

> *Quo vadis* é uma expressão latina que significa "Onde vais?".
>
> *Chianti* é um tipo de vinho tinto italiano.
>
> *Jettatura* é mau-olhado, em italiano.

No quarto de Karl Marx

Durante o almoço chamamos o *maître* anglo-italiano e a coisa ficou ainda mais promissora. O quarto em que Marx morou — nos disse ele — continua tal como foi por ele habitado. Pertence ao restaurante, e nele os gerentes da casa dormem a sesta. O mobiliário não é mais marxista, ou, se quiserem, do tempo de Marx, mas nada foi alterado no prédio em geral e no quarto em particular. Depois do almoço ele nos levaria a visitar o santuário.

Subimos escadas que rangiam sob o tapete usado. Em cima, no patamar, a porta se abriu. Imenso, branco e barbudo, ao lado da sua **Jenny Marx**, ao entrarmos, nos deu uma mirada profunda, do alto de um armário.

— Essa cartolina — explicou o **cicerone** — foi deixada aqui pela **BBC**, quando veio filmar.

Demos a volta ao quarto minúsculo, vitoriano, olhamos pela janela a rua

> *Jenny Marx* (1814-1881): esposa de Karl Marx.
>
> *Cicerone* é quem guia visitantes ou turistas.
>
> *BBC* é a sigla da British Broadcasting Corporation, estatal britânica de comunicação.

Antonio Callado ⋘ 39

que pouco mudou em mais de um século. Ali, no centro do grande império e **empório** do seu tempo, protegido pelo **magnânimo** liberalismo de uma Britânia desdenhosa, e forte demais para se preocupar com genial dinamiteiro de Dean Street, Marx armava com método seu terremoto. A imagem de Britânia é hoje uma troça em Carnaby Street.

> *Empório* é mercado.
>
> *Magnânimo* é o que revela generosidade.

Nosso cicerone, para quebrar o silêncio reinante, disse, sorrindo, mas disse:

— O vento faz ruídos estranhos aqui.

Assenti gravemente com a cabeça e o anglo-italiano, agora puramente italiano, prosseguiu:

— Até os objetos mudam de lugar. Há pouco tempo, eu saí daqui e tenho absoluta certeza de que esta escova de roupa estava em cima da mesa. Voltei um instante depois e ela estava na cama.

Feita a confissão que o oprimia ele reassumiu seu ar inglês, dentro da calça listrada e do paletó escuro e explicou:

— O senhor sabe como é. O vento, as cortinas.

Eu lhe disse que pregasse na parede um exemplar do manifesto comunista, com destaque da primeira frase: "Um **espectro** está rondando a Europa." Não só as escovas mudam de lugar. O poder também.

> *Espectro*, ou seja, fantasma.

· · · · · · · · · · · · · · · · · · ·

Quem resolve é Hanói

Fiz várias vezes o percurso subterrâneo entre o meu hotel, em Oxford Street, e uma casinha de Netherhall Gardens, Finchley Road, onde o Vietnã do Norte tem uma minúscula representação. Quando me lembro da piedosa polidez com que o sr. Cudinh Ba me ouviu dizer que eu vinha do Rio e tencionava chegar a Hanói, se possível dentro de uns 15 dias... Me deu café (os vietnamitas, que produzem seu próprio café, fazem café preto e forte), me acalmou com informações gerais sobre o Vietnã e indagações gerais sobre o Brasil. Levou vantagem, pois eu já conhecia bem o Vietnã em guerra e as idéias dele sobre o Brasil eram vagas. É dificílimo resumir o Brasil para um estrangeiro. Não que seja fácil para nós, longe disto. Mas explicar a uma pessoa inteiramente inocente de Brasil o que aqui tem ocorrido a partir da renúncia de Jânio Quadros, por exemplo, é uma tarefa ingente. Os que de mim duvidam, por falta de experiência, procurem formular em voz alta, imaginando um interlocutor vietnamita, a história do Brasil dos últimos sete anos.

> Tencionava ou planejava.

> Ingente é enorme, muito grande.

No curso das visitas a Netherhall Gardens, deixei lá minha biografia profissional, meu pedido de visto, exemplares do *JB*. Aprendi a não cometer duas gafes: a de falar "nos dois Vietnãs", quando existe um só, e a de sugerir a intervenção de pistolões para arranjar o visto. Mencionei a possibilidade de amigos meus, brasileiros e ingleses, conseguirem alguma recomendação de Moscou a meu favor, e Cudinh Ba me disse uma frase que eu ainda ouviria algumas vezes:

"Quem resolve é Hanói."

A delegação geral da República Democrática do Vietnã do Norte, na rua Leverrier, nº 2, Paris, é a única representação diplomática importante do governo de Ho Chi Minh, no Ocidente. Entre os franceses e os vietnamitas, existe hoje uma relação ambivalente, mas íntima. Os vietnamitas, que suportaram oitenta anos de

> Ho Chi Minh (1890-1969): político vietnamita fundador do partido comunista em seu país.

> Ambivalente é que tem dois valores, dois significados.

opressão colonial francesa e uma guerra terrível, de oito anos, contra eles, têm sempre, agora, diante dos olhos, a derrota que infligiram aos franceses em **Dien Bien Phu**, de bicicleta. Logo a bicicleta, que é o grande esporte da França. No entanto, castigando militarmente os americanos, os vietnamitas passaram **bálsamo** no amor-próprio francês. Se nem os Estados Unidos agüentam com eles, quem agüentaria?

> *Dien Bien Phu* é uma pequena planície do Vietnã.
>
> *Bálsamo* é o mesmo que perfume, fragrância.

PARIS, APOIO E TORCIDA

Em Paris, com o apoio e a torcida de **Violeta e Pierre Gervaiseau**, de **Celso Furtado**, de **Glauber Rocha**, fiz minha série de visitas à rua Leverrier e travei relações com a figura de Mai Van Bo, o chefe da delegação, diplomata de classe e o primeiro vietnamita em quem senti a tranqüila determinação de todos eles, de lutar indefinidamente pela independência de sua terra. Naquele outubro do ano passado os bombardeios americanos abriam um leque de ferro sobre todo o norte do Vietnã:

> *Violeta Arraes Gervaiseau*: professora brasileira, irmã do político Miguel Arraes, casada com o francês *Pierre Gervaiseau*.
>
> *Celso Furtado* (1920-2004): economista brasileiro e membro da ABL.
>
> *Glauber Rocha* (1939-1981): cineasta brasileiro, principal nome do Cinema Novo.

— Eles podem até ultrapassar, a pé, a zona divisória e invadir o Norte que não ganham a guerra — dizia Mai Van Bo.

Só não nos entendemos quando, a uma pergunta dele sobre os índios brasileiros, eu lhe disse que restavam poucos e que a maneira de preservá-los era mantê-los num parque indígena, sem tentar assimilá-los.

— Como? — disse ele. — Num jardim zoológico?

— Sim, num jardim antropológico.

Mai Van Bo me falou nas minorias étnicas do Vietnã, nos **montagnards** primitivos que estavam sendo incorporados à nação. Infelizmente não pude, ao regressar de Hanói, rever Mai Van Bo. As minorias étnicas do Vietnã mataram muito francês com suas bestas e ainda vivem parcialmente na floresta. Mas usam elaborados trajes típicos, com botões de prata, têm turbantes e tomam chá. Quando ele vier ao Brasil, vou apresentá-lo, no Xingu, a Canato e suas duas mulheres, todos nus em pêlo, se esfregando de **tabatinga** na beira do rio.

> *Montagnards* são montanheses, que habitam as montanhas ou são próprios delas.
>
> *Tabatinga* é argila mole.

Na delegação geral da rua Leverrier deixei, em várias vias, meu pedido de visto, acompanhado de três retratos. Sempre que perguntava pelo visto, o secretário Vo Van Sung me dizia: "Quem resolve é Hanói."

Ao cabo de um mês de rua Leverrier me convenci de que, apesar da insistência, era impossível apressar Hanói. O inglês James Cameron levara quase um ano para obter seu visto, Salisbury, do *New York Times*, *idem*, só Wilfred Burchett parece ir quando quer. Mai Van Bo me concitou a aguardar, no Rio, um aviso de Hanói, por intermédio de Paris.

Não havia outro jeito senão voltar. Do Rio, com certa regularidade e cada vez menos esperança, eu mandava cartas à rua Leverrier. Um amor não correspondido, como o meu por Hanói, encontra sempre quem zombe dele. Um amigo me dizia:

— Vai a **Saigon**. Arranja-se isto em dois tempos.

> *Saigon* é a atual Ho Chi Minh, cidade do Vietnã, às margens do rio Saigon.

RESPOSTA EM DEZ MESES

Ao cabo de dez meses, o secretário Tieng, escrevendo de Paris, me dizia que meu "pedido de visto para a República Democrática do Vietnã foi respondido positivamente por Hanói". Toquei de novo para Paris e de Paris, no Boeing 707 da Air France, embarquei para Phnom-Penh, capital do reino do Camboja. Os Acordos de Genebra, de 1954, criaram uma Comissão Internacional de Controle, formada pelo Canadá, a Polônia e a Índia. É a CIC, responsável pelo serviço aéreo que é a única ligação direta entre Saigon, no Vietnã do Sul Americano, e Hanói, no Vietnã do Norte. O avião, um pequeno Boeing 307, voa pisando em ovos, por assim dizer, dentro de um rígido horário, para não levar bala de **vietcongue** e de americano ao mesmo tempo. Sai de Saigon, escala em Phnom-Penh, em seguida na capital do Laos, que é Vientiane, e daí vai a Hanói.

> *Vietcongue* era a designação dada pelos vietnamitas do Sul aos membros da Frente Nacional de Libertação, organização ligada ao antigo Vietnã do Norte.

A parte técnica do vôo compete a uma companhia francesa, mas a burocracia está entregue aos indianos da CIC. É burocracia e burocracia não falta.

Nem desorganização.

> *Pousse-pousse*, jinriquixá em francês, é um carrinho de duas rodas puxado por homem.

Phnom-Penh, com seu jeito tropical, com **pousse-pousse** ou *cyclo-pousse*, carregando turistas, com seu hotel Royal de bom bar e bela piscina, não é cidade para se visitar às carreiras. Mas foi o que fiz, temeroso de perder o primeiro avião da CIC e de ficar dias e dias à espera do próximo. Não se voa do Rio a Paris e depois à Grécia, ao Egito, ao Paquistão e, finalmente ao Camboja, para ficar tomando banho na piscina do Royal.

. . . .

O DILEMA DAS TRÊS CARTAS

Pelo privilégio de comprar uma passagem no avião da CIC é preciso, me informou o indiano que chefia a CIC, três cartas:

uma da representação do Vietnã do Norte em Phnom-Penh, uma da Royal Air Camboja e outra do Ministério do Exterior no reino do Camboja. Não vi razão para nenhuma das três cartas.

O precioso visto de Hanói, eu o tinha estampado no passaporte. Quanto a pedir licença, para continuar viagem, a uma companhia de aviação e ao príncipe Sihanouk, era um mistério para mim insondável. Mas com boa resignação brasileira, diante dos enigmas da burocracia, saí de táxi pela cidade, antes de parar no hotel (as repartições públicas só funcionam de manhã) para colecionar minhas cartas. A da representação do Vietnã e a da Royal Air Camboja me foram prometidas com segurança para o dia seguinte.

Mas, no Ministério do Exterior do Camboja, um terrível momento de *suspense* me aguardava. Estava quase fechando o ministério, pois era hora do almoço, o funcionário encarregado das tais cartas para a CIC já tinha ido embora. Eu que voltasse no dia seguinte, me disse um funcionário. Falei com eloqüência no meu temor de não poder embarcar no próximo avião. Afinal de contas, alguém devia poder dar um jeito. Tratava-se de uma simples cartinha formal.

O funcionário que me atendia demonstrou certa boa vontade; mas seria mais simples se eu trouxesse uma carta da Embaixada do Brasil em Phnom-Penh, acrescentou. Mais uma carta, pensei. E imaginei os possíveis aborrecimentos que teria um brasileiro a caminho de Hanói, numa embaixada do governo **Costa e Silva**.

Arthur da Costa e Silva (1899-1969): militar brasileiro. Um dos principais articuladores do golpe que instaurou a ditadura em 1964, presidiu o Brasil de 1967 a 1969.

· · · · · · · · · ·

BRASIL "*VERSUS*" CAMBOJA

Mas nesse ponto reparei que os dois funcionários, até agora amáveis e tranqüilos, discutiam acaloradamente. Soara o momento do meu susto maior. Meu interlocutor voltou-se para mim, circunspecto, e declarou:

— O Brasil rompeu relações com o Camboja.
— Quando? — perguntei. — Hoje?
O funcionário abanou negativamente a cabeça:
— Não, há algum tempo.
— Mas eu lamento profundamente. Não tenho palavras... Ora essa. Por quê?
— Rompeu relações — repetiu solene o funcionário.

Tive a suspeita de que, como eu, ele não tinha a menor idéia dos motivos que houvessem levado o Brasil ao rompimento. Como é que o **Itamaraty** me faz uma desfeita dessas? Perguntei com amargura a mim mesmo. Os dois funcionários tinham recomeçado sua discussão veementemente, enquanto eu mergulhava fundo na minha fossa, imaginando Phnom-Penh como fim da viagem. Na melhor das hipóteses eu teria de esperar, no Royal, que uma campanha que eu fizesse a partir do Camboja, resultasse no reatamento das relações entre a rua Larga e o Samdeck Norodom Sihanouk.

> *Itamaraty* é o nome pelo qual é conhecido o Ministério das Relações Exteriores do Brasil.

Mas resolvi usar os trunfos, ou, pelo menos, o trunfo que me restava: o visto que o Camboja me dera em Paris. Em Paris, argumentei, a Real Embaixada do Camboja não tinha detido o pobre repórter apanhado na trama de altas complicações internacionais. O funcionário voltou a sorrir, como a demonstrar que, pessoalmente, nossas relações continuam as mesmas, e sumiu com meu passaporte. Cinco minutos depois, veio de novo ao encontro do meu desânimo, com um envelope na mão. Era a carta, dizendo que o Ministério do Exterior do Reino não fazia nenhuma objeção à minha viagem.

Agradeci, efusivo, aliviado, entusiasmado com o budismo socialista, que é o que se intitula o regime de Sihanouk. E até agora não sei por que o Brasil rompeu relações diplomáticas com o Camboja.

. . . .

Vacina contra a "peste"

Voltei à presença do indiano da CIC, que, como língua estrangeira, só falava umas palavras de inglês, e as usava com avareza. Examinou as cartas, com a melancolia de ver que estavam em ordem. E me pediu os atestados de vacina. Apresentei o de varíola e o de cólera. O indiano indagou, moroso:

— E a peste?
— Peste?
— **Yes, the plague.**

E me apontou, num impresso, as vacinas exigidas. A simples idéia de que ele me considerasse vulnerável *à peste* me revoltava. Mas prometi passar num **Centre Biologique**, cujo endereço ele me deu, e tomar a vacina. Mas me vendesse logo a passagem. Tirei o dinheiro do bolso. Mas ele abanou a cabeça. Era preciso um cheque visado. E tornou a me mostrar o impresso. Um cheque visado e nominal, a um certo controlador, Saigon.

> *Yes, the plague* quer dizer "sim, a praga", em inglês.
>
> *Centre Biologique* é, em francês, centro biológico.

Voltei ao automóvel — um dos raros táxis de Phnom-Penh, um Toyota japonês — e perguntei ao chofer, que conhecia tudo de sua cidade e falava bem francês, como se dizia cheque visado em francês. Mas isto era pedir demais. Desenhei, no Banco Khmer, um cheque visado.

— Ah, **certifié** — disse o funcionário.

> *Certifié* significa certificado, em francês.

Com o cheque no bolso parti em busca da vacina contra a peste, no *Centre Biologique*. A reação do enfermeiro foi idêntica a que eu teria. Me olhou como um maníaco de outro hemisfério, temeroso de flagelos fora da moda. E, como se estivéssemos num bar, me sugeriu cólera, ou febre amarela.

— O senhor tem ou não a da peste?

Antonio Callado

Não, não tinha. Então — perguntei — como é que se viaja a Hanói, pela CIC? Ao ouvir o nome da CIC, o enfermeiro teve um ar de **comiseração** e me deu um sábio conselho:

> *Comiseração é o mesmo que piedade, pena.*

— Diga a eles que o senhor toma a vacina contra peste quando chegar a Hanói. Nunca mais lhe falarão no assunto.

Retornei ao indiano da CIC. A vista do cheque o animou e lhe expliquei que não havia vacina contra peste no Camboja. Tomaria a minha em Hanói. E o indiano, afinal, começou a me preencher a passagem. Ela se materializava diante dos meus olhos: *Compagnie de Transportes Aériens Civils*. Hanói ida e volta. Com duas vacinas já tomadas, a da peste como um vago símbolo da minha disposição de me imunizar contra tudo para chegar a Hanói, eu me sentia saudável, praticamente imortal. O indiano me empurrou sobre a mesa um termo de **idoneidade** a assinar. Eu, e meus herdeiros, abrimos mão de qualquer **veleidade** de compensação ou indenização, "na eventualidade de acidente com o avião, ou qualquer outro tipo de acidente".

> *Idoneidade é aptidão, competência.*
>
> *Veleidade, ou seja, pretensão, intenção.*

Restituído à condição humana depois daquele instante de euforia, assinei o termo. Agora, eu disse ao indiano, estava garantida minha passagem.

— Depende.

— Depende de quê?

— De Saigon. Se o avião sair de lá cheio, o senhor fica.

— E quando é que eu tenho a resposta definitiva?

— No aeroporto. O senhor vai, com a mala. Se tiver lugar, segue. Caso contrário, volta ao hotel.

· · · · · · · · · · · · · · · · · · ·

Drama no aeroporto

Tinha lugar. Cheguei cedo ao aeroporto, disse de boca que minha mala pesava 16 quilos, e a vi quando entrou no bojo do avião. Eu ia viajar com canadenses, poloneses, franceses e muitos soldados da Índia que seguiam para o **Laos**. Na hora do embarque, vejo, perto do avião, meu prezado indiano que gesticulava ao lado do comandante francês do aparelho. O comandante dizia "não" com a cabeça e o indiano mandava abrir o compartimento de bagagem do avião. Os soldados viajavam com baús pretos, de ferro, desses usados para porão de navio. Quando começaram a ser retirados, os soldados avançaram para o avião. Nisto, aparece minha mala, saindo também. Avancei igualmente para o avião. O indiano, já então alvoroçado e em pânico, me disse:

> *Laos é um país da Indochina, a oeste do Vietnã.*

— O senhor fica.

— Fico coisa nenhuma. Estou aqui há mais de uma hora e há lugar no avião.

— Então viaja sem bagagem.

Me dispus a seguir sem bagagem, só com a maleta de mão. Chegaria a Hanói reduzido ao pijama. Despojado de tudo, depois da viagem que começara nos **Antípodas**. Mas apelei para o comandante do avião:

> *Antípodas são lugares que, em relação a outro do globo, se encontram diametralmente opostos.*

— Eu não posso fazer nada — me disse. — Cuido apenas do vôo. Acontece que a CIC não pesou as bagagens e há um grande excesso de peso.

Os soldados, que levavam a vantagem de falar a mesma língua do indiano, esbravejavam em torno dele, apontando os baús desembarcados e eu me acrescentava ao coro, agora em português grosso, e apontando minha mala no chão. Decidiu-se, por fim, que ficaria a bagagem de alguns dos que iam mais perto, a **Vientiane**, e que os passageiros de Hanói viajariam com as malas. A minha voltou ao avião. Larguei o india-

> *Vientiane é a capital do Laos, às margens do rio Mekong.*

> Invectivado é o mesmo que insultado, injuriado.

no **invectivado** pelos seus patrícios, entrei no avião, sentei, amarrei o cinto bem apertado.

A cena final foi quando um dos indianos que se separara da bagagem resolveu entrar no aparelho com o baú na cabeça. Geneviève, a aeromoça, disse que ele não podia entrar com o baú. O homem insistiu. Ela o deteve na entrada. O homem arriou o baú na mão direita e resolveu forçar a passagem. Geneviève entrou de punhos no peito dele e o fez recuar, o **casquete** já meio de banda na cabeça, os olhos azuis fuzilando.

> Casquete é um boné.

O homem abriu os braços, fez um gesto de vítima olhando os passageiros já sentados, mas ninguém desamarrou o cinto. O homem desceu, largou o baú, voltou só.

Geneviève ajeitou o casquete nos cabelos claros e recebeu o homem de volta, com seu melhor sorriso de aeromoça. Dentro de alguns minutos lhe oferecia, como a todo o mundo, o chiclete da decolagem.

. . . .

Enfim, Hanói

O avião ergueu vôo. Terra molhada e fértil lá embaixo. Os primeiros ocidentais a vê-la, como os primeiros chegados ao Vietnã, foram os portugueses. O Mekong alagando tudo, recebendo os afluentes:

> "Vês: passa (...) só no estio.": trecho do poema *Os lusíadas*, de Camões.

Vês: passa por Camboja Mecom rio que, capitão das águas se interpreta, tantas recebe doutro, só no estio.

Camões conhecia bem aquele mundo e até hoje é válido seu lamento sobre a dificuldade que temos com os nomes em línguas tão diferentes da nossa:

> Vês neste grão terreno os diferentes
> nomes de mil nações nunca sabidas:
> Os Laos, em terra e números potentes...

"Vês neste (...) potentes": trecho do poema *Os lusíadas*, de Camões.

No Laos, fizemos escala, terra de mulheres esbeltas, bonitas, saias de seda bordada caindo até os tornozelos. Depois, já escuro, o vôo para Hanói, as luzes altivas do aeroporto de Gian-Lam, que não se apagavam nem durante os bombardeios americanos, desafiando os *Phantoms* a vararem o vulcão da artilharia antiaérea. Lá estavam Pham e Dung, que seriam meus intérpretes, e vários representantes das relações culturais. A pequena mobilização de gente que o Vietnã precisa fazer para receber e acompanhar um jornalista visitante explica a dificuldade de se obter um visto para Hanói. Dedicado à produção e à guerra, o Vietnã emprega a fundo os recursos de gente e do tempo de que dispõe. É um país ocupado demais, ocupado em fazer e produzir, e ocupado sobretudo em ser. Em existir como exemplo.

Fui recebido com flores, palmas de Santa Rita, e com chá. E com palavras de acolhida que me transformavam, de repente, num desejado visitante que há muito estariam aguardando. Era tão longe o Brasil, e, mesmo assim — me disseram —, ali estava eu. Era, sem dúvida, um amigo que vencia distância tão grande para chegar a um país onde se vivia com risco e se suportava uma vida dura. Era uma satisfação me saudarem, afinal, em Hanói.

"Afinal, em Hanói", sussurrei eu a mim mesmo. Mas, confesso que me deixei envolver um pouco pelo que me diziam. O esforço e a viagem tinham sido longos. E eu vinha como visitante e como participante. Desejando acima de tudo entender a coragem alegre daquele povo, que merece que se espere um visto durante dez meses, ele que luta há vinte anos contra as mais poderosas máquinas do mundo. O Vietnã é a prova de que o homem valerá sempre mais do que as invenções do homem.

Conto

Prisão azul

∙ ∙ ∙ ∙ ∙ ∙ ∙ ∙ ∙ ∙ ∙ ∙ ∙ ∙ ∙ ∙ ∙ ∙ ∙

Durante a Segunda Guerra Mundial (1939-1945), Antonio Callado trabalhou na BBC de Londres. Este conto foi escrito nesta época, em inglês, com o título "*Blue Prison*", especialmente para uma revista inglesa que publicava autores estrangeiros. *Prisão azul* narra a história de uma traição entre amigos. O autor manifesta, com dois episódios trágicos, o seu desencanto e, ao mesmo tempo, conformismo. Realiza um contraponto entre a vida interior e o cotidiano, apresentado com fatos cruéis. A minuciosa descrição do mundo externo é entremeada de reflexões e comparações sutis.

∙ ∙ ∙ ∙ ∙ ∙ ∙ ∙ ∙ ∙ ∙ ∙ ∙ ∙ ∙ ∙ ∙ ∙ ∙

Patas macias sobre folhas mortas. Ao atravessar num salto a janela aberta o tigre sabia muito bem que o lenhador tinha saído. O bebê de dois anos estava sentado no chão, brincando. Sozinho, sozinho. O tigre se aproximou cauteloso e quando a criança viu aquele cachorrão **rajado** abriu com espanto dois olhos azuis, dois lábios sorridentes, dois bracinhos.

> *Rajado* é o animal que tem manchas escuras.

O tigre começou pelos braços. Depois devorou o resto da criança e tratou de voltar à floresta.

Suponha, agora, que esse tigre cresceu, deixou de comer criança e relembra um dia como havia devorado o filho do lenhador. Um sorriso estranho paira sobre sua cara, sorriso no qual seu orgulho tigrino só permite que se manifeste um tiquinho de remorso. O resto do sorriso é a pura lembrança da carne tenra da criança, é desprezo pelo lenhador estúpido que deixou a janela aberta — uma completa orgia de satisfação consigo mesmo.

Foi com um sorriso assim (e há sorrisos dificílimos de descrever) que o amigo do homem desaparecido se aproximou da janela do seu apartamento tendo na mão o livro que o desaparecido dedicara a ele: "Para você, meu grande amigo." O amigo olhou lá fora o mar que ia além da praia de Copacabana e que **flambava** ao sol do meio-dia como uma **poncheira** acesa. Era quase um milagre a capacidade que tinha o Rio de dar às pessoas uma sensação de bem-estar, de saúde. O desaparecido também amava o Rio. Curioso como ele tinha desaparecido de forma tão absoluta. Evaporou-se. Soube-se depois da sua morte que ele passara os últimos dez anos de vida nas **brenhas** de Goiás. Ninguém sabia ao certo de que modo morrera. O manuscrito do livro tinha sido encontrado no meio das coisas dele, o manuscrito em cuja primeira página aparecia a dedicatória a ele, o amigo. O sorriso de tigre regenerado voltou à cara do homem que lembrava o amigo: "Para você, meu grande amigo."

Flambava é queimava.

Poncheira é o vaso onde se faz e/ou se serve o ponche, um tipo de bebida alcoólica.

Brenhas são matagais.

Antes de sumir, o desaparecido freqüentemente ria de si mesmo. Diferenças de grau, só de grau. Diferenças de espécie são um absurdo. Mesmo quando muda, a espécie muda gradualmente, portanto é válido o princípio. Veja-se, como exemplo, a sensação que às vezes tomava conta dele em plena rua e que ele chamava de perda de contato com a realidade: isso acontecia com todo o mundo. Só que com ele a freqüência e a intensidade com que acontecia eram muito maiores. Parecia um bolha a inchar, inchar e doer. Perguntara a uma porção de pessoas se acontecia com elas de repente, no meio da rua e em hora de movimento, começar subitamente a sentir a estupidez incompreensível de todo aquele ir e vir. Sim, acontecia. Mas ficavam todos surpreendidos e faziam cara de dúvida quando ele lhes perguntava se sentiam aquilo a ponto de parar no meio da multidão; de olhar de um lado para o outro, tentando entender o que estava acontecendo; de seguir alguém, para descobrir onde estava indo e para resolver o mistério de tanta pressa; de logo depois fazer o mesmo em relação a outra pessoa; de olhar angustiado aqueles **arroios** humanos que não corriam para nenhum mar comum e sim para lagoas isoladas, piscinas, poças d'água; de segurar com ambas as mãos a cabeça que doía e correr para o meio da rua sem pensar nos carros que passavam rápidos. Não, isso era um exagero e aliás dava para sentir, em todos aqueles que interrogava, que nem acreditavam que ele vivesse momentos assim. Eram pessoas que não acreditavam sequer em diferenças de grau.

> *Arroios* são regatos, riachos.

— Deve ser sua imaginação — diziam com um sorriso —, mas que é interessante não tem dúvida. — Aliás, hoje em dia está até na moda uma certa **morbidez** — acrescentavam, sem saber que estavam usando uma arma muito antiga e possivelmente necessária.

> *Morbidez* é o mesmo que moleza, languidez.

A verdade pura e simples é que ele só fazia essas perguntas com a honesta intenção de obter uma resposta, de descobrir alguma coisa a respeito da pessoa com quem falava, ou, talvez mais ainda, sobre ele mesmo. Já lhe bastava, e muito, o quebra-cabeça representado por todos aqueles desconhecidos que ele tinha ímpetos de parar e interrogar sem mais nem menos no meio da rua.

Uma coisa, porém, o preocupava mais que qualquer outra na véspera do dia em que desapareceu. Aquela sensação que nas ruas apinhadas de gente acabava quase em angústia, pois envolvia estranhos, na sua própria vida íntima, privada, acabava em puro contentamento. Quando lhe aparecia um problema especial a resolver, ele o encarava corajosamente, sem evasões ou truques, pois sabia de antemão qual seria o resultado. Com método, pesando prós e contras, considerando todas as conseqüências, chegava à própria e nua raiz do problema... e então tudo **se evolava**, se desfazia no ar, e ele entrava num estado de puro e neutro prazer, um prazer branco, luminoso, para lá do pensamento.

> *Se evolava* ou desaparecia.

Como se fosse entrando com cautela mas com passo firme numa floresta densa na qual, chegado ele ao ponto mais escuro, todas as árvores ainda em volta tombassem ao mesmo tempo, no maior silêncio, e só permanecesse no mundo a luz ofuscante do sol. O que o preocupava na véspera do dia em que desapareceu é que ele tentava, mas ainda não havia conseguido, concentrar todas as suas faculdades num problema sério.

Por que tão sério? Porque envolvia o amigo. Não por causa de minha mulher, continuou o homem que desapareceu, determinado agora a pensar seu problema até o fim. Para mim minha mulher é feito um sapato velho, **cambaio**. E meu amigo sabe muito bem disso, o que apenas torna a coisa toda mais incompreensível.

> *Cambaio*: torto de um lado.

Um tolo desejo de aventura? Nunca, jamais. Meu amigo sabe que eu não abandono minha mulher porque ninguém propriamente abandona um par de sapatos velhos. A gente simplesmente os esquece em algum canto. Ele me diria, se fosse o caso, que havia, que há alguma coisa entre os dois — e pronto.

— Usei aquele seu sapato velho outro dia — ele diria.

Tudo bem. São inúmeros os caminhos abertos neste mundo mesmo para quem caminhe descalço. Que sentido haveria em criar um caso sobretudo quando eram tão velhos os sapatos? Não, ele está cansado de conhecer meus sentimentos e já teria me falado a respeito. Ou... Caso fosse verdade (o chato é que tanta gente dizia que era que ele se obrigava a pensar tanto sobre tal bagatela), só uma explicação era possível: meu amigo de fato se apaixonou por minha mulher e simplesmente não tem coragem de me dizer. E quem sabe por minha exclusiva culpa? Ela para mim tem tão escasso valor, e isso eu disse ao amigo tantas vezes, que lhe falta coragem para dizer que passou a amar uma pessoa tão depreciada. Sim, talvez fosse isso. E o homem prestes a desaparecer sorriu, meio envergonhado de pensar que estava, ainda que sem intenção, fazendo uso do amigo: seria de fato o cúmulo da amizade se o amigo pensasse em ficar definitiva e legalmente com minha mulher. Aqui se apagou no seu rosto o vago sorriso de até agora. Quem sabe, Deus meu? O amigo sabe como é grande meu amor por Maria Auxiliadora. Será que lhe ocorreu a idéia de se sacrificar por mim? Não, nem eu permitiria nem ele... Eu só quero Maria Auxiliadora como a tenho agora, mesmo porque a gente não se casa com uma mulher assim, a gente simplesmente aceita a luz e o calor, banho de sol no coração do inverno... Ela é quase a Luz! Aquela claridade. A floresta que se deita no chão. Era precisamente quando chegava ao ponto em que a floresta se tragava a si mesma que **Johann Sebastian** começava a passar a música para o papel, aquela música que se encerrava de repente de forma inesperada, mas que podia ter continuado para sempre, eterna, já que não tinha fim e ele apenas aparentava ou fingia ter chegado ao fim porque chegara isto sim ao fim do papel pautado e porque sabia que ninguém podia suportar sem enlouquecer o luzir permanente daquela Luz em música.

> Johann Sebastian Bach (1685-1750): compositor alemão.

O homem que ia desaparecer perdeu-se nas profundezas do seu problema... Ao voltar a si passou o lenço na testa úmida. A inexistência de todos os problemas. O compromisso que tinha assumido que cuidasse de si mesmo. Ele ia, isto sim, ver Maria Auxiliadora. Tomou o ônibus e no caminho deixou-se invadir pelo salgado **travo** de onda e de alga que subia das praias de alva areia, a infinita, angustiada fieira de areia que é a única coisa a impedir que as montanhas azuis e o mar azul se dissolvam num único e irreparável azul. O ônibus beirou

> Travo é impressão de desagrado ou de amargor.

primeiro a **praia de Santa Luzia**, depois Flamengo, Botafogo, as vastas areias brancas de Copacabana, Ipanema, Leblon. Quando parou no fim da linha o homem que ia desaparecer saltou e foi andando para a pequena casa em que morava Maria Auxiliadora. Aproximou-se das tábuas brancas do portão, espantadas de vê-lo àquela hora do dia. E lá estava a fascinante casa branca, feito um brinquedo esquecido na grama. Entrou, atravessou o jardim e espiou pela janela da sala de estar. Não viu Maria Auxiliadora, que ainda estaria dormindo. Abriu a porta da frente e ia atravessar a sala, em direção ao quarto de dormir, quando ouviu vozes e riso que vinham de lá. Ia chamar Maria Auxiliadora em voz alta, alegre, mas se conteve e andou até a porta. Ouviu as únicas duas vozes que realmente conhecia bem. Pela única e última vez em sua vida curvou-se até o buraco da fechadura.

> *Praia de Santa Luzia*, atual rua de Santa Luzia, era onde começava a avenida Beira-Mar antes da existência do Aterro do Flamengo, no Rio.

As venezianas estavam **cerradas**. Só havia no quarto aquela luz **baça** e enjoativa na qual se escondem aqueles que preferem não encarar nem o amor. O homem que naquele momento já quase havia desaparecido ouviu a voz do amigo, seguida do riso de Maria Auxiliadora.

> *Cerradas*, isto é, fechadas.
> *Baça* é sem brilho.

— Pois é. Quanto mais ele acha que há alguma coisa entre a mulher dele e eu, menos consegue adivinhar que...

O homem que desapareceu saiu da sala de estar pé ante pé, fechou sem ruído a porta, passou em silêncio pelo portão de tábuas brancas e se foi. Como um ladrão. E qualquer policial que o pegasse naquele momento teria a certeza, sem lhe fazer qualquer pergunta, que o ladrão tinha encontrado jóias, jóias do mais alto preço, que ninguém imaginaria pudessem estar guardadas numa casa tão pequena e simples.

Antonio Callado

O homem cordial

Neste conto, publicado em *O homem cordial e outras histórias*, em 1993, Callado narra a história do professor Jacinto, que se considera um homem cordial, um brasileiro cordial. Seu conforto é, entretanto, abalado pela brutalidade dos acontecimentos políticos durante a ditadura militar, na década de 1960, na sua pele e na de sua filha, ao experimentar a total falta de cordialidade da opressão e do cassetete.

— O Brasil não está preparado para homens como eu!

Este desabafo Jacinto teve diante apenas de sua filha Inês, estudante de filosofia, que estava em êxtase diante dos livros atirados ao chão e dos papéis espalhados pelo gabinete inteiro.

— Bacana, paizinho. Já pensou no sucesso que eu vou fazer quando contar que a casa foi invadida pela **Dops**? É o máximo. Genial!

— É um ato antibrasileiro. Violento e desagradável.

— Eu que já era filha de **cassado**, agora sou filha de invadido. Só falta te trancarem na **ilha da Laje**. Você é uma parada, paizinho. Está na onda.

Professor de história e sociólogo, Jacinto tinha estudado a formação do povo brasileiro numa série de monografias elegantes e cujo êxito entre a *intelligentsia* irritara bastante os meios acadêmicos especializados. Não que o criticassem abertamente. Mas faziam circular que o consideravam "o colunista social da história do Brasil". Sem lhes prestar atenção, Jacinto, quando

---

Dops: sigla da extinta Delegacia de Ordem Política e Social, criada para manter sob controle as ações do cidadão.

Cassado é o indivíduo a quem se retiraram ou anularam os direitos políticos ou de cidadão.

Ilha da Laje é uma ilhota da baía de Guanabara.

Intelligentsia é a elite intelectual, artística, social ou política.

planejou seu grande livro sobre os brasileiros, em nada menos de três volumes, resolveu dar à obra inteira o título de *O homem cordial*. A expressão, criada por **Ribeiro Couto** e fixada por **Sérgio Buarque de Holanda**, lhe parecia perfeita para descrever a contribuição que o povo brasileiro se preparava para prestar à história em geral. Circunstâncias várias haviam criado tão imperativamente no Brasil o tipo do homem cordial que estávamos a caminho de ser o primeiro povo a construir um grande país por meios não-violentos: o primeiro país racional.

> *Ribeiro Couto* (1898-1963): jornalista, diplomata e escritor brasileiro. Membro da ABL
>
> *Sérgio Buarque de Holanda* (1902-1982): jornalista, sociólogo e historiador brasileiro.

A cassação dos seus direitos políticos tinha feito não pouca gente rir pelos cantos das universidades e academias do país. Tinham até inventado (ou exagerado muito) a forte emoção com que Jacinto recebera a notícia. Falaram até num distúrbio circulatório, para acrescentar que o título da grande obra seria agora *O homem cardíaco*.

Surpresa e irritação, ele certamente tinha tido. Emoção, mesmo, e um certo medo, isto era inegável. Medo das possíveis conseqüências financeiras e um nobre medo patriótico (e autoral) diante de uma "revolução" que viria talvez destruir a cordialidade brasileira.

Depois, ao circular a notícia da cassação, tinha começado seu telefone a tocar. Uma onda de solidariedade o submergia. E eram ex-ministros de Estado, gente do **Supremo**, colegas, amigos de infância, ex-amantes, pessoal do teatro, do cinema.

> *Supremo Tribunal Federal* (STF) é o mais alto órgão de justiça do Brasil, atuando como tribunal de defesa da Constituição.

— Jacinto? Aqui é o Macedo. Estou contigo, hein.

— Obrigado, obrigado.

— A indignação diante dessa injustiça está abalando o país.

Antonio Callado

— Pois é. A coisa assim não vai bem, não. Não por mim, mas pelos valores da nossa civilização, você compreende. Mesmo manifestações públicas lhe faziam.
— Professor Jacinto? Aqui Marta Keitel.
— A grande atriz?
— Bondade sua, professor. Grande é o senhor com sua coragem.
— Qual o quê, ora essa.
— Estou lhe telefonando em nome da companhia inteira, professor. Nós vamos lhe dar nossa solidariedade em cena aberta.
— Em cena aberta?
— No intervalo da peça do **Dias Gomes** que estamos levando.

"Peça do Dias Gomes, cena aberta", pensou Jacinto, rápido. "Contanto que esse pessoal não exagere."

> Dias Gomes (1922-1999): escritor e dramaturgo brasileiro. Membro da ABL.

— Ótimo — disse Jacinto —, e muito grato a vocês. Mas olhe, não vão se exceder. É importante não agravar sem necessidade a situação. Não digo a minha. A de vocês, a do país.

Até mesmo um general do Exército que colaborava com a revolução e que não era tão seu amigo assim tinha telefonado:
— Meu caro Jacinto, releve ao nosso movimento um ou outro rigor descabido.
— Bem, Moraes...
— Eu sei, eu sei. Considero a medida de todo injustificada no seu caso. Mas é que no primeiro momento pagam alguns inocentes pelos culpados. Tenho certeza de que ainda consertaremos isto.
— Você acha?...
— Positivo. Confie em nós.

Aos poucos, Jacinto recuperou o equilíbrio perdido no primeiro momento. Então, não era cordial de vísceras um povo que no seio de uma revolução encontrava meios e modos de se manter amável? Em que outros países ocorreriam telefonemas como o do general Moraes ou — cúmulo dos cúmulos! — a visita que recebera de um ministro do governo revolucionário? É bem verdade que o ministro tinha vindo tarde da noite e depois de sondar Jacinto por meio de amigos comuns, para se certificar de que a visita não seria divulgada. Mas mesmo assim, puxa!

Financeiramente sua situação, boa antes, estava até melhor. Tinha plena liberdade de escrever (desde que não tocasse em assuntos de política corrente) e era muito mais bem pago, depois da cassação, pelas revistas nacionais e estrangeiras em que colaborava. E, como lhe dissera o ministro, com um ar meio malandro, tão brasileiro:

— Agora você vai ter muito mais tempo para se dedicar à admirável obra que já iniciou.

E o ministro tinha rido a bandeiras despregadas quando Jacinto respondeu:

— Estou planejando todo um capítulo, a ser publicado mais tarde, intitulado *A ditadura cordial*.

....

O episódio da sua casa **varejada** pela polícia tinha sido grosso e destemperado, não há dúvida. O homem cordial, embutido tão solidamente no homem brasileiro, estaria ameaçado de ser adiado, talvez deformado.

Varejada é atacada.

— O Brasil não está preparado para homens como eu!

É verdade que esta frase, que podia ser interpretada como pura presunção, Jacinto só tinha pronunciado diante de sua filha Inês e repetido diante de Clara, sua amante, que era, aliás, quase tão jovem quanto Inês. No apartamento que há três anos alugara para seus encontros com Clara tinha narrado a cena da casa invadida pela Dops. Clara sorrira enquanto lhe afagava a cabeça.

— Não há de ser nada, querido. Você é tão jeitoso que daqui a pouco o governo restitui os livros que a polícia confiscou e manda pedir desculpas. Com saudações cordiais.

— Não brinca, Clarinha. Uns cavalos, os sujeitos da Dops!

Clara tinha continuado no mesmo tom brincalhão.

— Eu gosto de você pela sua coerência, meu anjo — disse ela. — Aos poucos você está, embora retendo todos os privilégios da vida, ficando assim... Deixe ver...

— Assim como? — disse Jacinto.

— Mal comparando, assim feito um morto.

— Francamente, Clara. Que idéia! Hoje é dia de piadas negras?

— Veja bem, meu querido. Você é há muitos anos um homem **desquitado** e, portanto, pela lei brasileira não pode se casar de novo. Tem mulher, pode até ter uma mulher só, feito uma esposa, mas não pode assumir a plena responsabilidade do casamento. Agora, cassado, não pode votar, não pode se candidatar, não pode opinar publicamente sobre política.

> Desquitado, isto é, separado.

Só muito de raro em raro Clara tocava no assunto delicado das relações entre os dois ou, por outras palavras, como se dizia Jacinto meio preocupado, no assunto delicado da *situação dela*. Ele, às vezes, se sentia meio calhorda, recebendo dela tanto amor e tanta beleza e enfurnando-a para encontros num apartamento semiclandestino. Mas a verdade é que na vida de ambos Clara lhe pedia tão pouco que ele se esquecia de lhe dar mais em troca. Ela era linda, era muito mais moça do que ele, devia ser cantadíssima na sua livre vida de jovem médica — e no entanto não lhe exigia que *resolvesse* nada, graças a Deus. Se ela exigisse mesmo, Jacinto tinha quase certeza de ceder, de arranjar um casamento uruguaio, de levá-la para casa. Sem ela seria muito difícil viver. Mas o inegável é que a situação como se encontrava não podia ser melhor. Clara tinha sempre recusado morar no apartamento dos encontros amorosos, preferindo seu pequeno apartamento próprio. Assim ficava Jacinto, além de tudo mais, com a plena liberdade do apartamento, não só para usá-lo em pequenas aventuras inconseqüentes, como para **obsequiar** amigos de uma forma que gera gratidões **imorredouras**: a forma de emprestar uma chave de apartamento quando existe a mulher que quer se entregar e não existe um mísero teto sobre um pobre leito. Depois, quem sabe, a diferença de idade entre os dois era tão grande, que crises imprevisíveis poderiam surgir um dia. Jacinto chegava mesmo — convicto da sua generosidade — a se dizer que assim era melhor para Clara. E também achava que era melhor para Inês. Para Inês, filha única e que a mulher deixara com ele, para Inês que adorava o pai e se dava tão bem com ele, a introdução de Clara na casa seria um elemento de provável perturbação psicológica. Era como se de repente lhe surgisse uma irmã mais velha em casa, e irmã com a qual o pai vivia, na mesma cama. Não, não. Para quê? A ciência da vida era vivê-la com brandura, pisando leve. As grandes paixões, os impulsos violentos só podiam ser explicados, à luz da razão, como persistência de um passado bárbaro.

> *Obsequiar* é prestar favores, serviços a alguém.
>
> *Imorredouras* são imortais.

Jacinto pensava rápido, para ver como evitar o assunto do desquite, mas Clara continuava, desistindo ela própria de qualquer referência a ele:

— Até agora eu me espanto quando penso que cassaram você, meu querido. Você se solidarizou no primeiro momento com os professores demitidos como comunistas, é verdade, mas todo o mundo sabe que você não tem nada de comunista.

— Mas sou suspeito. Tenho amigos comunistas. Sou portanto **criptocomunis-**

> *Criptocomunista* é o comunista que não aparenta ou oculta ser.

Antonio Callado ॰ 63

> **1º de abril**: referência à data do golpe que instaurou a ditadura militar no Brasil em 1964.

ta. Uns idiotas, esses "revolucionários" do **1º de abril**. Eu protestei principalmente porque eles vão contra a razão e contra a doçura do temperamento brasileiro.

— Garanto — disse Clara — que, quando eles iniciarem a revisão de cassações, seu caso vai ser resolvido. Vão considerá-lo um engano.

"Também assim não", pensou Jacinto. Ele tinha uma certa periculosidade, não se podia negar. Era a favor da livre expressão do pensamento, isso era, e por isso até lutaria. A prova é que o haviam cassado, que diabo.

— Não, meu bem — disse Jacinto —, isto eu acho que eles não fazem não. O que pode acontecer é que nós os derrubemos. As cassações ficam sem efeito.

— Não? — disse Clara. — Nós, quem?

— Bem — disse Jacinto —, eu continuo a ver meus amigos da esquerda. Estão todos inconformados.

— Sim, evidente. Mas, além de se reunirem, estão planejando alguma coisa concreta? Por que a esquerda é mesmo festiva, não é?

> **Agastava** ou aborrecia.
>
> **Cunhagem** é criação, invenção.

A expressão esquerda festiva **agastava** Jacinto pela sua intenção zombeteira, mas havia algo admirável na sua **cunhagem**, algo bom, brasileiro. Por que não seria festiva a esquerda? Por que razão? Que mal havia em abrasileirar as idéias e instituições? E, sobretudo, se houvesse dinheiro para isto, por que não discutir a revolução bebendo uísque, ora bolas. O que é que se havia de beber? Mate?

— Festiva ou não festiva, Clarinha, a esquerda está fazendo obra de boa diplomacia, encolhendo as próprias garras para buscar contatos com as outras áreas, armando uma rede em que acabarão por tombar esses pobres "revolucionários" desastrados.

— Hum...

— Que hum nada, meu bem — disse Jacinto. — Não se derruba gorila rugindo e batendo no peito, feito outro gorila. Há gente aí disposta a chegar até a luta armada contra o governo. Uma asneira. Uma loucura. É nos transformarmos em gorila. Propor às Forças Armadas a luta pelas armas é como um homem qualquer desafiar um pugilista na rua. No terreno das armas é normal que o Exército ganhe. É o que ele sabe fazer.

Clara levantou as sobrancelhas e sorriu.

— Será que sabe mesmo?

— Bem — disse Jacinto irônico —, pelo menos melhor do que eu ou você.

— Isto eu não duvido, meu anjo — disse Clara. — Mas pensa naqueles vietcongues subdesenvolvidos. Atracaram-se com o próprio **Cassius Clay** no meio da rua e não estão se dando tão mal assim.

— Minha revoltosa! — disse Jacinto abraçando Clara e beijando-a.

Cassius Clay (1942-): boxeador norte-americano.

Clara retribuiu o beijo inesperado, mas, prendeu-se a ele não apenas com o calor de sempre. Com uma espécie de assustada ternura.

— Medo de quê, sua bobinha?

— Da sua... distração, da sua confiança na bondade de todo o mundo.

Mas Jacinto já executava os movimentos tão familiares e sempre tão novos de desabotoar os botões e abrir os fechos da roupa de Clarinha. Sentia-se poderoso como um mago fazendo os gestos necessários à produção do milagre que era Clarinha nua.

— Pelo menos — disse ela —, você já chegou à conclusão importante de que o Brasil ainda não te merece.

— Zomba, zomba de mim — disse Jacinto.

As últimas e minúsculas peças de roupa já estavam atiradas à cadeira. Como sempre, diante de Clarinha em pêlo o quarto perdia seu ar natural, seu equilíbrio. As cortinas, os quadros, os armários se deformavam, a cama flutuava. Clarinha de pé no tapete era um **motim**.

Motim é rebelião.

Quando vinha para casa jantar com Inês, sem amigos presentes, sem ninguém mais, tudo feito e bem-feito pela velha preta Zenaide, Jacinto sentia ainda maior ternura por Clarinha, que lhe dava no apartamento dos encontros sua luminosa vida de **fauno** sem em nada diminuir a doce vida familiar que era seu ***tête-à-tête*** com Inês, ao som da tagarelice de Zenaide, empregada na casa desde o tempo em que Inês ainda engatinhava.

Fauno: divindade campestre.

Tête-à-tête, face a face em francês, é uma conversa entre duas pessoas.

Sem que Zenaide visse, Jacinto retificava ao chegar certos detalhes de arrumação com os quais a empregada jamais concordara: o licoreiro de cima da ***étagère*** ele gostava contra a parede e não no centro do móvel; os **vitalinos** todos juntos, num grupo honesto, e não dispostos com estranha estratégia aos quatro cantos do jarrão de flores, como se fossem tomá-lo de assalto; quanto aos dois castiçais de pedra-sabão era intolerável que ficassem a cada lado da miniatura em bronze do **sardônico** Voltaire de **Houdon**; canonizando-o.

Étagère, em francês, é um móvel com prateleiras.

Vitalinos são objetos da autoria de Mestre Vitalino (1909-1963), ceramista popular de Pernambuco.

Sardônico é o mesmo que zombeteiro, debochador.

Jean-Antoine Houdon (1741-1828): escultor francês, admirado por seus bustos e estátuas de celebridades de seu tempo, como a de Voltaire, por exemplo.

Naquela noite, chegando bem antes da hora do jantar, Jacinto fez rapidamente as operações antes que aparecesse Zenaide (assim como ele jamais se queixava da arrumação de Zenaide, ela jamais protestava contra a interferência de Jacinto) e foi conferir o balde de gelo no bar do canto da sala: tinha gelo. Ia chamar Inês no seu quarto e enquanto ela alisava o cabelo para jantar ele tomaria seu uísque, passando os olhos pela *Última Hora* e *Tribuna*. Mas mal recolocava a tampa no balde e já sabia, pelo distante rumor de vozes vindo do fundo do corredor, que Inês tinha seu grupinho de amigos no quarto de estudo. Chato, aquilo. Não se queixava porque acreditava em dar o máximo de liberdade a Inês, mas era bem melhor se ela também respeitasse a liberdade dele, que lhe pedia bem pouco: pedia-lhe, por exemplo, paz na casa antes e durante o jantar, a menos que houvesse convidados dele ou dela.

> *Última Hora*: jornal criado por Samuel Wainer em 1951 e extinto em 1991.
>
> *Tribuna da Imprensa*: jornal fundado em 1949 por Carlos Lacerda.

Retirou-se para o seu gabinete, sem se servir de uísque e sem abrir os jornais. Precisava prestar atenção, bem sabia, para não ficar um homem metódico ao exagero e, portanto, facilmente perturbado por coisas triviais. A verdade, no entanto, é que cada vez mais se convencia de que tinha razão, de que a vida, com um mínimo de observância de certas regras e de um mútuo respeito, era excelente de ser vivida. Estava pronto a defender seu ponto de vista contra quem quer que fosse e a levá-lo aos extremos que fossem necessários. Sim, senhor. Na raiz de um comportamento individual descuidado e criador de tensões pode ser encontrado o germe de males enormes. Até guerras, no fim das contas, podem se formar na deterioração dos bons hábitos, na falta de horários. Talvez não uma Grande Guerra, mas guerras em geral, outras guerras. Aquilo, por exemplo. O sujeito já com o paladar preparado para o severo sabor, o ouvido pronto para o tilintar do gelo, o organismo inteiro tinindo na alegre expectativa daquele instante de **plenária** indulgência e de súbito... Jacinto pigarreou, dominando o mau humor. Olhou os papéis espalha-

> *Plenária* é o mesmo que plena, completa.

Antonio Callado ∞ 67

dos em cima da sua secretária, parte do capítulo corrente do livro que escrevia e que tratava da *Doçura nos regimes escravocratas*. Não era mentira e nem era exagero falar na democracia racial brasileira, pelo fruto moreno da nossa cordialidade racial.

Jacinto se olhou no espelho redondo de moldura dourada: camarada simpático, atraente, conservado. Dava sorte com mulher, muita sorte. E no entanto bem escuro de pele. O cabelo era bom, o que lhe dava possibilidades de ser um tipo "mediterrâneo" mas no duro mesmo ele tinha os retratos de uma avó que provavam coisa muito diversa. Até bonita, mas escurinha de verdade. "Índia", dizia-se na família, mas quem é que já viu índia com tanto cacho no cabelo e com aqueles grandes olhos redondos? E apesar disto nem seus mais ferrenhos inimigos lhe aludiam à cor. Por outro lado, poderia ele dizer que tinha ferrenhos inimigos?

Essas reconfortantes reflexões e um certo acréscimo da sede levaram-no de volta à sala. Ao pé do bar, Inês, já livre dos amigos, servia o uísque de Jacinto. Uma palmeirinha de menina, pensou Jacinto olhando a filha esguia e alta, feições delicadas e miúdas. Inês era bonita, bela mesmo, por obra e graça dos olhos cor-de-mel. Como certas estátuas que iluminadas revelam de súbito uma beleza que não havíamos reparado antes. Só que no caso de Inês a iluminação dos olhos de mel era permanente.

— Meu anjo — disse Jacinto já esquecido do aborrecimento. — E o beijo do pai?

Inês molhou os lábio no copo.

— O beijo, vai hoje com uma dose de uísque para o velho não **bronquear**.

Bronquear é dar bronca, repreender.

— Bronquear por quê, ora essa!

— Não finge que não sabe não — disse a menina. — Eu não devia estar com esses pilantras todos na hora do seu drinque.

— Puxa! Eu não sou tão rabugento assim. De vez em quando todas as coisas têm o direito de acontecer.

— Mas sabe o que é, velho? Eles agora estão suspendendo estudantes no duro. O sujeito não pode continuar o curso se protestar contra o governo. Cassam os estudantes também.

Jacinto se lembrou de que precisava consultar o dicionário de grego. Como é que eles chamavam a suspensão dos direitos civis?

— Vocês fazem muito bem em se unir e protestar — disse ele. — Mas é um fato que não devem passar o tempo todo protestando. Deixem isto para os mais velhos.

— Ah, paizinho, tenha paciência. A **Lei Suplicy** é em cima de nós, não é em cima dos coroas. São colegas nossos que ficam impedidos de terminar o curso, não são vocês. Tem muitos que acham que a coisa só vai na marra.

> A *Lei Suplicy*, criada em 1964, proibia as atividades políticas nas organizações estudantis.

Só se lembrava de palavras como **atonia, astenia**.

> *Atonia* e *astenia* significam debilidade geral, fraqueza.

— Mas meu bem — disse Jacinto fazendo novo esforço de memória e **sorvendo** o uísque —, vocês só podem ir

> *Sorvendo* ou bebendo.

até um certo ponto, por mais que façam. Podem sensibilizar os adultos, os coroas, e engrossar o número dos descontentes. Mas não podem alterar a situação, é claro.

Inês ficou em silêncio, séria.

— O governo já marcou eleições e depois...

— Eleições! — disse Inês num tom áspero, que Jacinto não conhecia.

— Eu sei — disse Jacinto. — Vocês falam numa troca de ditadores e isto é verdade quanto ao *método* da substituição de presidentes. Mas a eleição indireta, apesar de ser tapeação, denota uma promissora fraqueza, uma concessão ao ritual de democracia.

Antonio Callado

— Ah, paizinho, papo furado.

— E há as eleições para o **Congresso**.

— Papo furado com remendo por cima. Você vai ver como os bons que forem eleitos eles cassam todos, como cassaram você.

— Anistia — disse Jacinto.

— Anistia! Você morre de velho, paizinho, antes de ver qualquer anistia.

— Eu sei, meu bem, e nem queria falar nisto. O que eu acho é que de alguma forma estamos restabelecendo o equilíbrio rompido em 1964 com o golpe. Nosso equilíbrio interior.

— Ah! interior pode ser. Mas com esses bolhas no governo não vai haver nenhuma mudança por fora, quer dizer, visível, palpável, que interesse a alguém.

Jacinto se levantou pensando em **isonomia** e **pleonexia** e pingou mais uísque na aguinha de gelo que restava no copo.

— O importante, Inesinha, é resolver o problema, não é mesmo? E os caminhos estão-se abrindo. Vamos recuperar o que tínhamos.

— E o que é que a gente tinha, além da liberdade de protestar, que não tem mais? O troço é recuperar o que a gente tinha e ir muito mais longe. A crise é estrutural, não é só conjuntural.

Jacinto agora sorriu com gosto. Sua Inês, a *Nesinha* de outro dia, falando de tais coisas em tais palavras.

O *Congresso Nacional* (composto pela Câmara dos Deputados e pelo Senado Federal) exerce o poder legislativo, elaborando leis.

Abulia é diminuição ou perda da vontade.

Afasia (ou *afemia*) é perda do poder de expressão ou compreensão da linguagem.

Aerofagia é a deglutição exagerada de ar resultante da ingestão apressada de alimentos.

Anistia é o ato pelo qual o poder público perdoa os crimes cometidos por alguém, geralmente políticos, até certo dia.

Isonomia é princípio assegurado pela Constituição, segundo a qual todos são iguais perante a lei.

Pleonexia é o desejo exagerado de ter posses.

— Me goza, ri, pai desnaturado — disse Inês no tom de voz em que imitava os dramalhões da televisão para se divertir com o pai.

Mas havia uma diferença, que Jacinto notou. O tom era superficialmente o mesmo, mas a expressão de Inês não era despreocupada e alegre como quando fazia essas troças. Como se ela não conseguisse fazer-se entender por ele? "Isso não", pensou Jacinto, que segurou a mãozinha da filha.

— Eu não estava te gozando nada, meu anjo, ao contrário. Achei graça de puro gagaismo paterno, de prazer em ouvir você falando tão a sério.

— Me diga uma coisa, paizinho, você não acha que o Brasil precisa mudar mesmo? Você não acha que assim não vai, que assim a gente fica sempre na segunda divisão?

— Eu acho, Inês, que o Brasil podia ter andado mais depressa, não há dúvida. Mas sacrificando as virtudes que nos justificam como povo, entendeu?

— Eu conheço as suas idéias, paizinho. Mas... Como é que vou dizer? Carro de boi é bonito, range e tudo isso, levanta pouco pó. Só que tem que...

— Só tem que botar o carro adiante dos bois não ajuda nada, não acha? Se vocês, por exemplo, não estudarem, se não se dedicarem agora a aprender aquilo que pretendem realizar...

Mas Jacinto sentiu, com um certo mal-estar, que os olhos da filha o fitavam vazios da sua imagem. Se se curvasse para os luminosos espelhos tinha a certeza de não encontrar neles o seu reflexo.

· · · · · · · · · · · · · · · · · · · ·

Tinha ido aquele dia de setembro a uma reunião política em casa de amigos. A caminho lembrou-se com agastamento da expressão de Clara, a história do *homem morto*. Lembrou-se porque ia a tais reuniões com duas idéias na cabeça: a de que estava desafiando o governo "revolucionário" tomando parte em encontros políticos (como era mesmo a palavra? **eunomia**?) e a de que não podia participar de qualquer ato público, como cassado. Mas, francamente, que idéia de Clara! Afinal de contas ele não tinha se cassado de propósito. Inclusive tinha ficado surpreendido, "bestificado", tão bestificado como o povo brasileiro diante das "revoluções" que ocorrem no país.

Saíra da reunião, como sempre, de alma nova. O Brasil **morigerado** vencia mais um acesso de boêmia política, curava a ressaca de mais uma tentação militarista. O presidente "nomeado", apesar de ser outro marechal, simplesmente não ia poder resistir à onda democrática palpavelmente refeita no país. Essas reuniões políticas com comunistas, com **ex-pessedistas**, **ex-petebistas**, com católicos e protestantes eram uma espécie de grande e irresistível congresso liberal.

Na porta do edifício em que se reunira, na rua da Quitanda, Jacinto se despediu dos amigos que tinham vindo no mesmo elevador. Seis horas da tarde. Ia para casa mais cedo. Antes, porém, um cafezinho na esquina da **Avenida** com Sete de Setembro. De repente ouviu, como seus vizinhos na grande mesa circular, os gritos, o **tropel** na rua. Saiu, como outros, deixando a xícara pela metade.

Já na rua viu que desciam a rua Sete, vindos do largo da Carioca e do largo de S. Francisco, rapazes e moças. "Os estudantes", pensou logo Jacinto. A passeata proibida e reproibida pela polícia. Só que não era passeata e sim uma correria. Teriam sido dissolvidos antes e agora simplesmente debandavam em confusão?

Eunomia: ordem bem regulada.

Morigerado: que tem bons costumes ou vida exemplar, moderado.

Ex-pessedistas são ex-partidários do PSD, Partido Social Democrata.

Ex-petebistas são ex-partidários do PTB, Partido Trabalhista Brasileiro.

Avenida: referência à avenida Rio Branco.

Tropel é desordem, confusão.

Mas assim não, puxa! Daqui a pouco morria um embaixo de um carro. Em plena Avenida, pelo meio da Avenida, avançando sobre os carros! Jacinto relembrou vagamente as cenas de cidades espanholas quando touros são soltos e todos vêm à corrida provocando em tropelia os bichos assombrados e furiosos: era assim que os estudantes investiam contra os carros. Um e outro fusca e **gordini** mais malandros conseguiram ainda se espremer entre os jovens mas em breve tinha parado tudo. Fechada pelas novas ondas de estudantes a esquina de rua Sete e Avenida, a barragem foi represando o rio de automóveis e de gente. Tinha sido tudo tão rápido que Jacinto gritou dentro de si mesmo: "Inês! Inês!", por cima do **açude** de capotas de todas as cores e gente de todas as espécies já se abriam como velas nas faixas atrevidas: ABAIXO A DITADURA! "E Inês? Inês estaria ali?"

> *Gordini*: antigo modelo de automóvel produzido pela Renault.

> *Açude* é barragem, obstáculo.

Jacinto foi subindo a rua pela calçada, depois mergulhou entre os estudantes que berravam abaixo a ditadura, abaixo Castelo, abaixo as anuidades escolares e de repente viu Inês, o corpo esguio, o rabo-de-cavalo. Correu para perto, mas não, não era. Nem mesmo parecida, de cara. Depois outra Inês, na esquina da rua do Rosário, depois outra e em breve Jacinto a cada vez que sentia alívio por ver que não era a filha assim se arriscando e aos berros no meio da rua sentia também algo estranho. Identificou a estranheza quando na esquina percebeu que a polícia desviara para a praça Pio X todo o tráfego que buscava a Avenida e que dali os rapazes e moças não passavam. Tentaram passar, mas os compridos cassetetes de pau saíram das cintas e foram brandidos como **látegos** buscando primeiro os portadores de faixas, depois os mais afoitos, rapazes e moças que se atiravam

> *Látegos* são chicotes feitos de correia ou corda.

Antonio Callado

apenas com gritos e punhos. Sua estranheza é que eram todas Ineses, rapazes e Ineses, rapazes e Ineses.

Batidos pela polícia, os rapazes e Ineses recuaram para as calçadas e vãos de portas e Jacinto olhou ao seu redor para encontrar alguém que com ele protegesse aquela massa desorientada, ou que pelo menos protestasse ao seu lado, mas não encontrou caras assustadas. O povo que descia a Avenida não estava bestificado e nem sequer fugia. Havia uma espécie de acordo secreto entre o povo e os jovens doidos?

Doidos, doidos varridos porque agora em lugar de se dispersarem reuniam-se outra vez nas calçadas, os rapazes e as Ineses, e vaiavam a polícia ofegante e ameaçadora com seus enormes cassetetes na mão sem saber exatamente em quem bater, se nos rapazes e Ineses, se na gente amontoada que em vez de fugir e deixar livre o picadeiro para o massacre, deixava-se ficar e confundir com os estudantes.

Rapazes e Ineses vaiavam: Uuuuuu! Assassinos! As-sas-sinos! E de novo se lançavam ao choque, contra a barreira de policiais, no quadrado livre da rua.

Na esquina da rua Buenos Aires, perto das vidraças da Swissair, seis soldados malhavam três estudantes e levavam dois ao chão, enquanto um soldado era derrubado por um rapaz prontamente moído a pancada pelos outros. Haveria sem dúvida outra maneira de deter jovens desarmados, meu Deus! Mas eram bravos demais os jovens desarmados, queriam provar alguma coisa quando espontaneamente despencavam das calçadas e iam uma terceira, uma quarta vez ao encontro daqueles carrascos bêbedos de alguma coisa, braços de algum criminoso oculto em alguma parte.

Jacinto chegou tão perto de uma moça parecida com Inês que ouviu o zunido do cassetete fendendo o ar perto de sua cabeça.

— Te afasta, meu tio! — berrou o soldado.

Jacinto se afastou **aturdido**. Não era a sua Inês a jovem Inês **bacante** de cabelos desatados que marchava entre os rapazes como uma alegoria à Revolução. Só que jovem demais. Revolução num internato? Revolução dirigida não contra **Castelo** e a Ditadura apenas mas contra os mais velhos que espiavam das calçadas com um estranho fascínio?

E agora era impossível procurar Inês. A polícia disparava o gás lacrimogêneo. Perdendo a batalha perdia também o *panache*. Guardava os porretes para espremer uma cebola nos olhos do povo.

> Aturdido é espantado.
>
> Bacante é a mulher devassa. O termo vem da sacerdotisa de Baco.
>
> *Castelo Branco* (1900-1967): político e militar brasileiro, presidente da República de 1964 a 1967.

> *Panache* é brio, orgulho, em francês.

. . . .

Só depois de procurar Inês no pronto-socorro e nos distritos policiais é que Jacinto voltou para casa, por volta das nove horas da noite. Quando Zenaide abriu a porta, perguntou:

— E Inês? Já veio?

— O que é que deu em todo o mundo, seu Jacinto? Não chegou ninguém. Vai sair tudo requentado.

— Alguém telefonou?

— Aquela dona Clara, que de vez em quando liga para o senhor.

Tinha ficado de falar para Clara marcando um encontro, mas francamente não sentia vontade nenhuma de confundir suas duas vidas nesse instante. Mesmo assim telefonou, por cortesia, mas disposto a explicar a situação. Felizmente não encontrou Clara.

— O senhor vai querer o jantar, doutor? — disse Zenaide.

— Não, vou esperar Inês.

Zenaide saiu emburrada, resmungando. E por volta das 11 horas chegou Inês.

Antonio Callado

— Paizinho, desculpe o atraso, mas você já soube, não é? Fizemos uma passeata legal. Um estouro.
— Eu vi. Eu estive no meio da passeata. Faces afogueadas, cabelos em desalinho como os da jovem bacante que vira na Avenida, Inês sorriu um sorriso largo.
— Você?... Mas que bom, paizinho. Vou te dar um uísque duplo. Você não achou aquilo o máximo?
— Não, não achei, Inês. E fiquei muito preocupado, procurando você.

Inês suspirou. Seu rosto não perdeu o fogo e nem seus olhos o brilho alegre. Mas o sorriso do primeiro momento se evaporou. Jacinto sentiu que iam ter provavelmente o primeiro desentendimento sério.

— Escute, Inês, eu vi vocês na Avenida, acompanhei tudo. O que é que vocês esperam que vá acontecer? O que é que vocês pensam modificar agindo assim?

Inês deu de ombros.

— Nós somos inconformados, papai. Quando a gente não aceita, de fato, uma coisa ou essa coisa se altera. Ou então...

— Ou então o quê?

— Ou a gente continua, não é? São os estudantes do Brasil todo.

— E o que é que vocês vão conseguir? Terem as matrículas suspensas em massa? Vão parar de ter educação?

Inês fez um muxoxo.

— Também! A educação que a gente tem agora.

— Inês, não estamos brincando neste momento. Você sabe como sou coerente com minhas idéias, tanto assim que fui cassado, e como arco com as minhas responsabilidades. Você *ainda* é responsabilidade minha. Não saia mais para essas aventuras e...

— Paizinho — disse Inês pálida —, não me peça que abandone os colegas com quem estive até agora. Eu também gosto de assumir minhas responsabilidades.

— Eu não quero que você abandone seus colegas. Quero que diga a eles que não concorda com esse tipo de protesto.

— Mas isso eu não quero dizer! Eu concordo!

Jacinto se sentiu de repente como se tivesse por trás de si a polícia da Avenida e na sua frente os rapazes e Ineses. Assim, não.

— Escuta, meu anjo, você vai se deitar que deve estar morta de cansaço. Amanhã, com a cabeça fresca, a gente conversa de novo.

— Está bem, paizinho, boa noite.

. . . .

Sem prática de insônias e com a barriga vazia, Jacinto custou a conciliar o sono. Mesmo porque, ao menor sinal de torpor, punha-se a imaginar o que ia dizer a Inês e despertava como se estivesse saindo de um banho de chuveiro.

O resultado é que levantou tarde e não encontrou mais Inês. Nem bilhete de Inês. Era capaz de jurar que a menina estava sob a influência daquele penúltimo namorado, o cabeludo de óculos de grossas lentes! Apesar de não ser mais o namorado de Inês continuava a vir à casa com os outros amigos dela e às vezes, do corredor, Jacinto ouvia a voz do pedantezinho que dissertava sobre os meios de governar o país "sem recorrer a pessoa alguma de mais de trinta anos". Isto ele tinha dito, não a Jacinto diretamente, mas na sua presença. Fedelho. Fazendo as comparações mais asnáticas entre s. Francisco de Assis e **Norman Mailer**.

Norman Mailer (1923-): escritor norte-americano.

Saiu mas deixou todos os telefones onde estaria, caso Inês o procurasse. Não havia nenhuma estudantada de rua no programa do dia, pelo menos no Rio. Só uma reunião que queriam fazer a todo custo mas que sem dúvida seria adiada, enquanto os rapazes e Ineses repousavam das convulsões da véspera. E o governo com certeza ia

> Degradante é o mesmo que desprezível, abjeto.

tomar suas providências para que não se repetisse o **degradante** espetáculo da Avenida.

Quando se convenceu, na hora de voltar à casa, de que nada aconteceria, ficou ainda mais feliz ao receber telefonema de Zenaide: Inês dormia em casa, descansando, e em casa estaria para o jantar.

Antes do jantar Inês estava pálida e determinada e Jacinto resolveu adotar a boa tática brasileira de deixar os ânimos **arrefecerem**. Inclusive, feita a passeata, os rapazes e Ineses se reuniriam para contar e recapitular peripécias mas tão cedo não se meteriam em outra.

> *Arrefecerem*, ou seja, esfriarem.

— Deixemos a nossa conversa para depois — disse Jacinto.
— Depois do quê, paizinho? — disse Inês esperançosa.
Jacinto fez um gesto vago. Inês sorriu, pespegando-lhe um beijo no rosto.
— Um barra limpa, o velho Jacinto — disse Inês.
E jantaram feito dois namorados.

. . . .

Uns poucos dias se passaram, tranqüilos, uma semana inteira, e a primavera chegou **hibernal**. Numa adorável noite de frio que justificava o uso de um velho edredão, Jacinto trabalhou até uma hora da manhã e foi dormir. Uma hora depois foi despertado pelo telefone da mesa de cabeceira.

> *Hibernal*: como o inverno.

— Sou eu, Jacinto. Clara.
— Clara, minha querida, que prazer. Você...
— Escuta, Jacinto, eu estou aqui na Praia Vermelha. Os estudantes se entrincheiraram na faculdade de medicina e a polícia acaba de invadir o prédio. Inês está lá dentro.
— Mas Inês é de filosofia e...

— Jacinto — disse Clara —, acorda direito. Ninguém está dando aula de madrugada na faculdade de medicina. Tem aluno de tudo, lá dentro. Tem até polícia agora, Jacinto. Estão arrombando as portas internas.

— Você...

— Eu estou, no momento, num botequim e espero que você não me prenda aqui muito tempo. Vou voltar para a faculdade. Venha logo.

O tom de Clara não admitia **réplica** e nem o momento comportava conversas supérfluas. Jacinto se levantou, foi ao quarto de Inês. Vazio. Enquanto afivelava o cinto e enfiava por cima da camisa o suéter mais grosso que encontrou à mão, Jacinto se perguntava até que ponto Clara conhecia Inês. Que a conhecia de vista, era evidente. Inês talvez nem isso. Ou sim, sem dúvida. Clara tinha vindo mais de uma vez buscá-lo na porta de casa. Já duravam relativamente tanto tempo essas relações, suspirou Jacinto. Não seria tempo de tomar juízo, de resolver as coisas com mais determinação? **Ataraxia, anorexia.**

> Réplica é uma resposta com argumentos.

> Ataraxia é indiferença.
>
> Anorexia é redução ou perda de apetite.

Ficou assombrado ao chegar à avenida Pasteur. Era uma cena de guerra, com o aparato militar da tomada das ruas de uma cidade invadida. Os estudantes saíam do prédio da faculdade aos trancos e empurrões e eram enfiados em viaturas da polícia ou em ambulâncias: porque saíam macas também do prédio e de uma delas que passava nesse instante o portão Jacinto viu pender cabelos de moça, cabelos de Inês. Não, não era Inês, se Deus ajudasse, Inês nem estaria mais lá, nem teria ficado muito tempo. Mas Clara tinha afirmado... Ora, se ele via tantas Ineses entre estudantes, que dizer Clara, que a conhecia mal.

Espiou o interior das ambulâncias e tintureiros que ainda estavam no local, entrou depois na faculdade, passando

> Gonzos são dobradiças.

pelas portas de fechadura estourada, os **gonzos** frouxos, pelas salas cobertas do vidro e metal de instrumentos partidos, pelos corredores juncados de livros e das pedras com que os estudantes se defendiam. Realmente uma guerra estava iniciada, com tal batalha depois da passeata, uma estranha guerra. Por toda parte procurou Inês e procurou Clara. Voltou depois ao seu automóvel e tocou para a Políçia Central, na rua da Relação, para consultar a lista de estudantes presos. Mesmo com a ajuda de um delegado amigo que lá encontrou e que o levou aos estudantes detidos, nada conseguiu apurar acerca de Inês.

Testa úmida de suor, temendo o pior, imaginando sua visita a hospitais e talvez ao necrotério, Jacinto, trêmulo, discou o número de sua própria casa. A voz que ouviu foi tão familiar que sentiu uma alegria enorme. Familiar, sim, mas não de Inês.

— Jacinto? Sou eu mesma.
— Você?...

Clara riu.

— Eu mesma. Vivinha. Em pessoa. Na sua casa. Inês está aqui. Está bem. Quer dizer, não há nenhum perigo. Ela andou levando uns trancos e umas pauladas mas eu a levei ao **Miguel Couto** e não tem nada fraturado não. Venha logo que eu preciso ir embora.

> **Miguel Couto**: um dos hospitais municipais do Rio de Janeiro.

· · · · · · · · · · · · · · · · · · ·

Jacinto encontrou a casa aflita, sem dúvida, com uma pálida Inês **jazendo** em sua cama, no quarto onde guardava ainda os dez ursos e outras tantas bonecas de sua infância ainda tão recente. Mas havia, para lá da aflição, uma qualidade qualquer, uma vibração que parecia unir a casa a uma vida

> **Jazendo**, isto é, deitada.

externa a ela, ou que apenas agora se tornava também parte dela. Apesar de Zenaide, que tinha vindo abrir a porta, estar ainda saindo da sala, Jacinto abraçou Clara quase como se estivessem no apartamento. Afinal de contas, ele nem sabia bem como, Clara é que tinha encontrado e protegido sua Inês. Foram andando para o quarto de Inês.

— Meu bem — disse Jacinto —, que bom que você viu Inês. Como é que isto aconteceu?

— Ué, eu sou médica, formada há tão pouco tempo, tenho relações na faculdade, soube do que ia acontecer... Quer mais razões?

— Eu não sabia que... Inês...

— Ah, sim, nos conhecemos um pouco mais do que você imaginava. Mas aqui está ela. Não a perturbe demais, hein. Daqui a pouco ela dorme.

Jacinto se ajoelhou ao pé do leito.

— Minha queridinha... Aqueles brutos! Como foi? O que foi que eles fizeram?

— Eu conto, Jacinto — disse Clara. — Inês precisa repousar. Bateram no traseiro e nos seios dela, quando ia saindo. Foi o que fizeram com todas.

Jacinto estremeceu como se estivesse vendo a cena e como se sentisse a dor no seu próprio peito. Cerrou os olhos e os punhos, as veias da fronte querendo estourar.

— Ela ficou cheia de **equimoses** — disse Clara —, mas garanto que é só. Não houve nada de mais grave. Agora, deixe a menina descansar.

> *Equimoses* são manchas azuladas na pele causadas por pancada.

Contendo um desejo de chorar e ao mesmo tempo uma ternura nova pela filha, Jacinto beijou-a no rosto e recolheu na testa o beijo de Inês.

Pé ante pé foi saindo com Clara para a sala. Sentia-se indignado, confuso. Via claramente dentro de si mesmo um Jacinto pronto a assassinar alguém. E talvez a outras coisas?

Antonio Callado

Coisas nascentes. Não se sentia responsável por esses Jacintos novos em folha. Ainda não os conhecia direito.

— Você deve estar meio surpreendido ao saber que eu e Inês mantínhamos relações.

Surpreendido estava, mas como compreendia! As duas se haviam dado as mãos em torno dele e agora formavam o círculo admirável da sua vida.

— Escuta, Clara — disse Jacinto. — Casa comigo.

Clara primeiro sorriu. Riu, depois. Riu baixo.

— Que foi isso? — disse Clara. — Que pedido mais intempestivo!

— Muito sincero — disse Jacinto. — Resolvi há muito tempo.

Clara deu-lhe um beijo de ponta de lábios.

— Você é um amor. Mas pense melhor... Foi um dia pesado, cheio de emoções.

— Não tenho nada que pensar, meu amor — disse Jacinto transportado pela própria alegria, pela generosidade que sentia, pelo engajamento de sua vida que começava ali e que havia de ser total.

— Então tenho eu — disse Clara.

— Você...

— Ué, não posso? Não posso pensar?

— Evidente — disse Jacinto com expressão tranqüila, afetuosa, mas cheio de espanto.

— Evidente — continuou ele —, mas veja se pensa depressa.

— Escute, meu querido — disse Clara —, eu antes quero me firmar na vida, no trabalho, sabe? Tenho feito muita força para ser independente. Lecionando e trabalhando como estou agora...

Clara falava com calor, falava rápido, como quem tem muito que dizer. "A resposta", disse Jacinto a si mesmo, atônito, "a resposta é 'não'".

— Você entende, não é Jacinto? E olhe, o dia está raiando. Precisamos descansar. Depois de amanhã, no apartamento, a gente conversa.

Clara se despediu, partiu. Jacinto voltou ao quarto de Inês, pé ante pé. Em cima do cobertor felpudo, meio aninhada no cobertor, a mão de Inês parecia um passarinho doente. O ódio bom permanecia. Cego e quente. Não tomou a mãozinha nas suas, com feroz ternura, porque Clara antes de sair tinha dito: "Não vai prejudicar a menina para satisfazer seus impulsos de carinho, hein." De olhos fechados, pálida como estava, Inês era uma menina patética. Mas abriu os olhos e mais agravada ainda ficou sua beleza frágil assim iluminada.

— Você é um pai muito da barra limpa, sabe? — disse Inês.

— Dorme, meu bem — disse Jacinto. — Eu não devia ter vindo cá.

— Não, eu não estava dormindo. Agora passou a dor mas ainda não deu muito sono. Pensando nas coisas.

— Quero muito conversar com você sobre "as coisas". Logo que você estiver boa.

Inês fez que sim com a cabeça. Afetuosamente. Amorosamente. Mas não parecia prometer nada. Como se não imaginasse que conversa podia ser esta.

Jacinto saiu do quarto, encostou a porta. De repente, se lembrou. A palavra era **atimia**. Foi à sala. Empurrou contra a parede o licoreiro. Aproximou os castiçais, para que não flanqueassem Voltaire. Parou no

> *Atimia* é a ausência de sensação ou de emoção.

meio da sala e deu com sua cara no espelho do aparador, abatido, esquisito, os cabelos secos e arrepiados, a pele terrosa. Curioso. Nem na passeata e nem na faculdade tinha visto pretos entre os estudantes. Não chegavam à universidade? Os que embranquecem razoavelmente, sim. Atimia. Cara feia, de velho. Dor de cabeça de enjôo. A vista de sua cara é que tinha trazido assim sua cara? Brrr, que bofe. Olhos empapuçados também. Queixo de papo mole eriçado de farpinhas de barba branca. Firme e macia a entreperna de Clarinha. Foi andando pelo corredor. Um copo d'água e depois cama. Dormindo nos livramos de nós mesmos. Quem é que tinha acendido a lâmpada da sua mesa de trabalho? Entrou no gabinete para apagá-la. Empurrou para um lado a cadeira em que se sentava para escrever e se curvou um pouco para encontrar o interruptor por baixo do abajur. Seus olhos encontraram na máquina o papel: "Mesmo quando eram ainda um povo de rudes camponeses, os **lusos**, comparados aos de Espanha, já denotavam a cordialidade..." "Houve, sem dúvida, os momentos cruéis mas ficaram guardados como *momentos*, como um vácuo num processo em que... cordialidade... cordial... cordial..." Jacinto parou, curvado, dedo no interruptor. Nas páginas espalhadas pela mesa ao redor da máquina, a palavra também se repetia obstinada e **viscosa** como uma lesma viva fiada entre palavras datilografadas. Jacinto não teve sequer tempo de endireitar. Curvado como estava foi de tal forma agredido pela ânsia que só conseguiu mesmo abrir a boca e deixar que as golfadas de **bile** verde se projetassem sobre a máquina, os papéis, as notas.

Lusos são portugueses.

Viscosa é pegajosa.

Bile é o líquido segregado pelo fígado e atuante na digestão.

Peça teatral

Pedro Mico

....

Pedro Mico, de 1957, peça do "Teatro negro" de Antonio Callado, foi o primeiro texto teatral a utilizar a favela como cenário. Nesta peça, o autor faz um paralelo da vida do protagonista negro com a trajetória de Zumbi dos Palmares. Pedro Mico é um malandro de morro, preto, de vinte a trinta anos. De grande agilidade, escala prédios altos, daí o apelido Mico, dado pela imprensa. Ele é analfabeto e procura a ajuda de Aparecida, que sabe ler. Ela o põe a par das notícias da seção policial e o informa se falam dele. A vizinha Melize nutre uma paixão por Pedro Mico e tenta conquistá-lo, mas, com ciúmes, acaba denunciando seu esconderijo à polícia.

....

ATO ÚNICO

Pedro Mico: Isto! Eu gosto é de gente com iniciativa. Mas aonde é que tu aprendeu a ler nessa disparada toda?

Aparecida (importante): Ah, minha mãe era professora em Santíssimo, que é que você pensa? Eu estudei geografia, história, uma porção de coisas. Depois fiz a besteira de vir cá pra cidade...

Pedro Mico: Besteira nada, menina. Você agora comigo está bem, se andar na linha. Eu fui mesmo com a tua cara. Que tempo que eu não topo com uma cara assim. *(Aparecida sorri, lisonjeada)* Subúrbio é lugar pra grilo e **pingente**. Subúrbio só tem um — a Mangueira. O resto é demagogia.

> **Pingente** é o passageiro que viaja pendurado em qualquer veículo.

Antonio Callado ଓ 85

Aparecida: Ah, Santíssimo é bom. Madureira, então! Você sabe que tem uns dois anos eu fui porta-estandarte da **Império Serrano**?

> Império Serrano é uma escola de samba carioca.

Pedro Mico: É, Madureira também vai. Mas mesmo em negócio de música Mangueira é a tal.

Aparecida: O café está pronto, Pedro...

Pedro Mico: É a primeira vez que tu me chama de Pedro.

Aparecida: É mesmo. E eu ia mesmo te perguntar. A Melize te chamou o quê? Pedro Mico, não foi? *(ela tira uma bandeja da prateleira atrás do fogão, arruma xícaras e açucareiro)*

Pedro Mico (orgulhoso): Coisas desses repórteres de jornal. Bons meninos. Um deles sempre me chama de Pedro Escada, em vez de Pedro Mico. O negócio é que eu subo em qualquer morro, em qualquer parede. Entro num terceiro andar de edifício como se estivesse passando a perna num muro de quintal. Pulo **ventana**, mas bem no alto das paredes.

> Ventana é janela.

Aparecida (estendendo-lhe uma xícara de café): Mas você... Você tem mesmo aparecido nos jornais?

Pedro Mico: Você pensa que eu boto as mulheres pra ler os coitadinhos pra quê? De vez em quando lá vem notícia do **degas**. E notícia do que a polícia está querendo fazer com o degas, o que é mais importante ainda.

> "Degas" e "o papai" significam eu, são modos de referir-se a si próprio.

(Os dois bebem o café. De repente Aparecida põe a xícara na mesa e bota as mãos na boca aberta.)

Aparecida: Ah!... Agora estou me lembrando. Pedro Mico! Você foi o cara que entrou naquele edifício de escritórios lá na cidade... Lá na rua Álvaro Alvim. O tal do Roubo do Marinheiro.

Pedro Mico (ar superior, mas modesto): Foi **o papai**. Pensaram que era coisa de marinheiro por causa da minha corda de nós, com o gancho na ponta. Bobagem. Comprei tudo ali no mercado.

Aparecida: Mas como é que você conseguiu prender o gancho do meio da rua lá pra cima?

Pedro Mico: Ora, que pra cima que nada! Uma ruinha estreita daquela. Eu subi no prédio do outro lado da rua, subi direitinho de elevador, e fiquei esperando até de noite. Dali atirei o gancho na janela defronte, pelo vidro. Quando vi que ele estava bem preso joguei a corda na rua, desci e aí é que eu subi pra cima pela corda feito um naval.

Aparecida: Cruzes! Eu só de pensar fico tonta. Não posso com altura. Sinto um enjôo de morte e se não me agarro, caio logo.

Pedro Mico: Tem disso comigo não. Me dê uma cordinha, três lençóis amarrados, qualquer escada de pano ou de pau e eu sou homem pra qualquer travessura.

Aparecida: Agora eu estou me lembrando de outras histórias de Pedro Mico. Não foi você que entrou de noite dentro duma delegacia pra ver se soltava um cara lá? Você tem dado trabalho à polícia, hein, rapaz?

Pedro Mico: Qual o quê! Até que não é tanto assim. Esse troço de delegacia foi lá no 19º Distrito. Só que eu não fui ver se soltava o cara. Soltei mesmo. A polícia é que **enrustiu** a história.

> **Enrustiu** é ocultou, encobriu.

Aparecida (temerosa): Mas os tiras estão na tua pista, não estão?

Pedro Mico: É, mas não me acham nunca. Em todo o caso vou voltar amanhã pra Mangueira. Lá eles estão sempre atrás da gente, mas lá a gente tem amigo de pagode.

Aparecida: Mas eles não sabem que você está aqui?

Pedro Mico: Parece que agora tem um cara de bigodinho rondando aí o morro, mas acho que não é tira não.

Aparecida: Vai ver que é, Pedro Mico. Cuidado. Quanto tempo tem que você saiu da Mangueira?

Pedro Mico: Ah, isso tem muito tempo. Tenho rodado um bocado por aí. Da Mangueira eu saí em setembro de 1953. Quando prenderam o Mauro Guerra. Eu trabalhava com ele.

Aparecida: Ih, aquele que foi cercado e encanado? Mas você com aquele cara, Pedro? Ele tinha até matado uma porção de gente.

Pedro Mico: Qual, não foi tanta gente assim não. E era gente que não prestava. Uns moleques desabusados, uns donos de boteco que não fiam nem pras mães deles, tudo cara assim.

Aparecida: E a polícia tem andado na tua pista desde aquele tempo?

Pedro Mico: Tem, mas cada vez me encontra menos.

(Batem à porta. Aparecida se levanta assustada.)

Pedro Mico (chegando bem junto da porta): Quem é?

Zemélio (fora): Eu, Zemélio.

Pedro Mico (abrindo a porta): Que é isto? Não vai me dizer que já saíram os jornais.

Zemélio: Não, Pedro Mico, mas eu já andava lá por baixo, no jornaleiro da Fonte da Saudade, quando vi outra vez o tal do sujeito...

Pedro Mico: Já sei, já sei, seu bobo. O tal cara do bigodinho que anda te tirando o sono.

Zemélio: Pedro Mico, tu nunca viu pinta de tira assim. Tu pode enfiar aquele cara numa procissão, de vela na mão, que a pinta não sai. No outro dia ele estava andando aí pela beira da Lagoa como quem não queria nada, mas de olho aceso cá pra cima e aí ele tirou... *(como se já tivesse feito o mesmo antes, Pedro Mico vai falando ao mesmo tempo que Zemélio)*

Pedro Mico/Zemélio: ... E aí ele tirou um binóculo do bolso e aí mirou bem cá pra cima.

Zemélio: Tu está aí zombando, Pedro Mico, mas hoje o mesmo cara do bigodinho estava no jornaleiro perguntando coisas aqui do morro.

Pedro Mico: Que coisas, moleque Zemélio?

Zemélio: Ah, negócio aí de saber se muita gente entra e sai dos barracos daqui, quando é que veio gente de fora, se tem gente que aluga casa e não sei mais o quê... Ele estava riscando num papel e perguntando quantas entradas tinha no Catacumba.

Pedro Mico: Falou aqui no papai?

Zemélio: Não, mas perguntou o caminho pra casa do Juca Porco, que mora não tem dez minutos daqui. É pra marcar tua casa, Pedro Mico!

Pedro Mico: Isso dá até lá na Mangueira. De repente fica todo mundo enxergando tira até nas árvores. Quando acaba é algum cara da prefeitura contando gente, vendo onde é que vão botar umas bicas que não chegam nunca ou uma xavecada assim. Tira vem é em carro da patrulha e mete os peitos. Se não pegar ninguém, não faz mal. A batida está feita. Ganharam o dia.

Zemélio (olhando Aparecida desconfiado): Quem é a cara?

Pedro Mico: Dona Maria Aparecida, Zemélio. Ela vai comigo pra Mangueira amanhã. Ela lê jornal melhor que tu carrega água na cabeça.

Zemélio: Você se lembra daquela história que o Mané Carpinteiro leu outro dia pra gente?

Pedro Mico: Que história?

Zemélio: Das mulheres que a polícia usa pra pegar bandido. Elas fingem de muito liga e de repente — pimba! — assobiam pros tiras e lá vem borracha e tiro.

Pedro Mico: Ah, aquilo não era aqui no Brasil não. Era num raio dum país lá... *(mesmo assim ele olha com estranheza para Aparecida)* Mulher nenhuma tinha coragem de me fazer uma falseta dessas. Foi tem uns dez dias que eu te vi primeiro lá na praia. Tu nem me prestou atenção. Depois...

Aparecida (séria): Por essa luz que me alumia, Pedro Mico, não tenho nem nunca tive nada que ver com tira na minha vida. Por essa luz que me alumia...

O colar de coral

Nesta peça de 1957, Callado narra a história de duas famílias rivais. O personagem Cláudio usa várias artimanhas para se aproximar de Manuela. Ambos descendem de duas famílias tradicionais do Ceará — os Monteiro e os Macedo — que têm desavenças históricas, devido à disputa de terras. Entretanto, Manuela mostra-se arredia. Esta peça lembra *Romeu e Julieta*, do inglês William Shakespeare, cujos versos são citados neste texto, que apresenta um final surpreendente.

Ato I

Claudio: Vocês andaram querendo vender a casa, não é?

Manuela: Andamos. Por sinal que vovó só concordou em que puséssemos anúncio para alugar o térreo quando seus irmãos fizeram uma oferta, por meio de um agente. *(rindo)* Vovó naturalmente já não é de muito boa paz, mas no dia dessa oferta ficou uma fúria. Disse que os Macedos só queriam comprar a casa para nos desmoralizar, para nos humilhar.

Claudio: Fizeram bem em não vender. Meus irmãos são um pouco como sua avó. Queriam comprar a casa principalmente porque era patrimônio dos Monteiros. Da longa luta que separou nossas famílias no Nordeste ficou pelo menos a ressaca.

Manuela: Mas sua visita ainda me parece muito estranha. Por que havia de se esforçar tanto só para... vir procurar um colar e umas **esporas** que nada indicava que estivessem aqui?

Claudio: Ah, não esqueça o outro motivo! Menino ainda, quando eu saía, como sobrinho predileto, a caçar com meu tio

Esporas são peças de metal com pontas afiadas que se põe no calçado para instigar o animal que se monta.

Antonio Callado

Radagásio, já ouvia falar na meninazinha dos nossos vizinhos e "inimigos" como Moça Manuela. Ficou a curiosidade de conhecê-la. De volta agora de toda uma vida na Europa, quando ouvi meus irmãos mencionarem seu nome foi como se me transportassem à infância... Me meti numa briga aí embaixo para que seu irmão não estranhasse tanto a minha subida aqui.

> *Barcelona* é uma cidade da Espanha.

Manuela: Pelo menos original você voltou de **Barcelona**. Não era preciso deixar-se espancar para me ver...

Claudio: Ah, não faça frases em que não crê você mesma. Se eu me anunciasse como Claudio Labatut Macedo seria recebido? Sua avó, seus irmãos permitiriam? Você mesma me receberia? Um ódio antigo como o que separou nossas famílias, mesmo quando se evapora, ainda deixa muito **fel** depositado nas pessoas.

> *Fel* é o mesmo que ódio.

Manuela: Ah, sim, que interessante! Você é a única pessoa, nas duas famílias, livre de qualquer fel?

> *Touché* é acertou, em francês.

Claudio: **Touché!** Bem jogado. Mas não se trata disso. O fato é que eu transferi meu ódio para coisas muito maiores, como o Estado, a indústria, o alto comércio. E o fato, o fato principal é que minha vontade de conhecê-la tinha estranhas raízes. Sabe o que eu me dizia a mim mesmo quando ouvia, nos meus tempos de rapazola, seu nome de Moça Manuela? *(Manuela faz que não com a cabeça)* Eu dizia a mim mesmo: nascemos para **Romeu e Julieta**.

> *Romeu e Julieta*: personagens da peça teatral de mesmo nome do escritor William Shakespeare (1564-1616).
>
> *Atávico* é reaparecido de antepassados remotos.

Manuela (gélida): Ah, curioso.

Claudio: Curioso?... Diga alguma coisa menos neutra. Isto era a maneira que via o menino de resolver o problema antigo, **atávico**. Não se esqueça de que eu

medrei à sombra daquele espetacular amor de Radagásio, sob a influência daqueles presentes de fábula, que adornaram o maior amor que já houve no Ceará. Cresci com a alameda de rendas e com os presentes de milhares de rosas. *(em voz baixa)* Eu vim aqui premido por esse sentimento do passado...

> *Medrei* ou cresci.

Manuela *(levantando-se e colocando a costura no sofá)*: Meu caro senhor Claudio, tive muito prazer em conhecê-lo. Mas agora, por favor, vá mesmo embora. Já é demasiado tarde. Ou cedo. O senhor não vai querer esperar que desponte a aurora na rua.

Claudio: Viu? Está vendo como se repete o desenho de certos destinos? Está vendo a fatalidade de tudo isto?

Manuela *(impaciente)*: Que fatalidade?

Claudio: Antigas vozes que tornam a ressoar... Ouça. Vêm do fundo de um jardim italiano **macerado** de jasmins...

> *Macerado* é o mesmo que impregnado.

(Claudio abre a gola da camisa branca sobre o paletó, compondo uma gola antiga, arrepia o cabelo para encaracolá-lo e declama:)

"Se a estrela-d'alva os derradeiros raios derrama nos
　　　　　　　　　　　　[jardins de Capuleto,
Eu direi, me esquecendo da alvorada:
— É noite ainda em teu cabelo preto!..."

> "*Se a estrela-d'alva (...) cabelo preto!...*": estrofe do poema "Boa noite" do poeta brasileiro Castro Alves (1847-1871).

Antonio Callado

O tesouro de Chica da Silva

Em *O tesouro de Chica da Silva*, peça do "Teatro negro" de Antonio Callado, de 1962, um representante do marquês de Pombal desestrutura a vida da ex-escrava Chica da Silva, ao exigir que ela seja enviada de volta à senzala. A cena mostra d. Jorge, jovem apaixonado por Chica, que, auxiliado pelas mucamas, apresenta-se diante da ex-escrava. Declara-se a ela, que o recebe com irônica insolência e desprezo, e demonstra o maior apreço pelos diamantes do contratador João Fernandes. Ao destacar tão conturbado episódio da vida de uma personagem histórica, Callado nos apresenta um texto que aborda questões como o racismo e a corrupção no Brasil Colônia — tudo temperado com uma farta dose de humor e ousadia de Chica e suas mucamas.

Ato I

> *Sinhá* era como os escravos chamavam a sua senhora.

Amaralina (dengosa): **Sinhá** Chica, d. Jorge queria entrar e eu deixei...
Esmeraldina: Olhe, sinhá, lá vem o mocinho.
Chica: Mas quem?...

> *Mucamas* eram as escravas que ajudavam no serviço caseiro ou acompanhavam pessoas da família.

(Chica ia evidentemente protestar mas é tarde. D. Jorge já está em cena. Todas as **mucamas** *o fitam e em seguida vão para o banco de azulejos, no fundo, deixando Chica apenas com Amaralina e Esmeraldina que, com a maior compostura, a abanam. D. Jorge contempla Chica, apaixonado, mão sobre o coração.*

Chica põe-se a andar como se não o houvesse visto e como se fosse cruzar com ele e sair pela esquerda sem olhá-lo. D. Jorge, rápido, tira a capa dos ombros e a coloca no chão para que Chica passe. Depois de um instante de surpresa e hesitação Chica pisa na capa e passa. O moço recolhe a capa e vai-se afastando ligeiro, rumo à direita, mão nos **copos da espada***.)*

> Copos da espada é a guarda da mão na espada.

Chica: Ó mocinho! Dê ao menos tempo de se agradecer. Você fez meu caminho bem macio.

D. Jorge: Ah, senhora, se eu pudesse forrava o Brasil de seda para **Vossa Mercê** passar.

Chica: Muito galante...

D. Jorge: Vossa Mercê bem sabe que coisas maiores já foram executadas para seu prazer. Bem gostaria eu de lhe haver feito presente da **galera** dourada e do lago, como fez o contratador.

> *Vossa Mercê* era antiga forma de tratamento correspondente a senhor ou senhora.
>
> *Galera* ou *galé* era uma antiga embarcação de guerra, comprida e estreita.

Chica: Bem... isto não foi um galanteio. Eu não conhecia o mar. O contratador, então, me pôs a navegar na minha chácara. Foi parte de minha educação. É mais simples que descer à costa quando as estradas ainda não foram forradas de seda, não acha?

D. Jorge (tímido, cabeça baixa, mas fervoroso): Não zombe, senhora, eu armo um navio corsário e vou saquear uma por uma todas as plantações de amora da China para depois fazer **manar** um rio de tecidos frescos destas **penhas** do Tijuco até as ondas do mar.

> *Manar* é brotar, derramar.
>
> *Penhas* são penhascos.

Chica: Leve, então, minha galera dourada à China. Melhor ainda seria se o lago pudesse ir também.

D. Jorge: Na galera dourada não me importa ficar sempre aqui, senhora, como seu galé. De boa mente eu remaria a beleza e o açoite dos sarcasmos de Vossa Mercê até morrer.

Chica: Morrer de fadiga, sem dúvida.

D. Jorge (num suspiro): De amor...

Chica (com altivez): Senhor d. Jorge, não me obrigue a solicitar a presença do seu capitão para que castigue a sua insolência. O governador-geral conde de Valadares e toda a sua escolta, da qual o senhor é um mero soldado, são hóspedes do contratador de diamantes. O conde se hospeda nesta mesma casa do contratador. E eu sou a mulher do contratador...

D. Jorge (cabeça baixa, obstinado): Vossa Mercê é o diamante do contratador.

Chica (sem parecer ouvir): E agora queira retirar-se, principalmente se tem amor ao seu sossego.

D. Jorge: Morre sempre o sossego quando nasce o amor. Retiro-me porque é um comando. Meu sossego morreu há dias, quando vi Vossa Mercê pela primeira vez.

Chica: Senhor d. Jorge...

D. Jorge: Já vou, por favor deixe-me dizer mais uma palavra? Da minha vida desassossegada pode Vossa Mercê dispor. Se pudesse eu a transformava numa galera dourada que ao menos encurtasse as horas de tédio de Vossa Mercê e depois se afundasse e desfizesse para sempre no lago do seu esquecimento.

Chica (firme): Adeus, d. Jorge.

D. Jorge: Adeus, senhora.

(Sai d. Jorge pela esquerda, de costas, curvado. Logo que ele desaparece as mucamas vêm cercar Chica numa revoada.)

Mucamas 1, 2 e 3: Que foi que o moço falou?

Mucamas 4, 5 e 6: Quando é que o moço vem?

Mucamas 7 e 8: Sinhá disse que está bem?

Mucamas 9 e 10: Sinhá Chica concordou?

Amaralina (sacudindo a cabeça): Sinhá foi dura e o moço é um d. Jorge ainda tão...

Esmeraldina: ...ainda tão d. Jorgito!

Chica: E como se chama ele? Chama-se apenas d. Jorge?

Amaralina: Perguntei o nome dele, mas d. Jorge replicou: *(mão no peito, cabeça baixa)* "Diga a sua ama que o meu passado é a minha cruz." Que ele é **fidalgo** lá isto não padece discussão. Mas deve ter feito alguma lá por Lisboa e veio **degredado** para o Brasil.

Chica: Esse é o estilo do reino. Fazem isto aqui de **enxovia**. Mas um menino tão jovem! Que terá feito? *(dá de ombros)* Me importa lá o que tenha feito.

> **Fidalgo** é aquele que pertence à nobreza, nobre.
>
> **Degredado** é aquele que foi obrigado a sair de seu país, desterrado.
>
> **Enxovia** é cárcere.

Esmeraldina (suspirando): Mas ele é tão d. Jorginho!

Amaralina: Se a gente soprar nele com força ainda voa pena de ninho.

Mucamas 1, 2 e 3: Por que não fazemos as 12...

Mucamas 4, 5 e 6: Doze lençóis de linho?...

Chica: Arre, mulherio arreliado que não pode ver um galinho do reino sem descer voando do poleiro! Eu sou hoje do meu contratador.

Amaralina (mão no peito): É o diamante do contratador!

Chica: Prefiro *os diamantes* do contratador.

Esmeraldina: Mas um galinho do reino, vez por outra, nada tem de sensabor. Um galo de crista rubra!

Chica: Gosto mais de rubis.

Amaralina: Há sempre tempo para um pobre e formoso degredado.

Esmeraldina: Para um jovem, ardente galo!

Mucama 1: Um verde talo de flor!

Chica: Prefiro esmeraldas.

Amaralina: Sabe lá, o degredado bem pode ser um **morgado** fugindo a crime de amor nos paços de d. José!...

> **Morgado** é filho primogênito ou herdeiro.

Romance

Assunção de Salviano

○○○○○○○○○○○○○○○○○○○

Publicado em 1954, *Assunção de Salviano* marcou a estréia de Antonio Callado no romance. Nele, o autor expõe as contradições políticas e filosóficas da sociedade brasileira. Salviano é um revolucionário que segue a sua vontade e assume as conseqüências de seus atos, como poucos. No trecho selecionado, Júlio mata Mr. Wilson, crime sem sentido nem razão. A motivação hipotética é política, e os resultados, duvidosos. O crime não compensa e as conseqüências não são as esperadas.

○○○○○○○○○○○○○○○○○○○

CAPÍTULO VIII

Cedinho de manhã Mr. Wilson saltou da cama, na pensão em que sempre se hospedava no **Juazeiro**, fez a barba, apanhou com orgulho, seca, nas costas da cadeira, a camisa de náilon que lavara na véspera, e resolveu sair sem tomar café. Tomaria café mais tarde, no Zeca. Precisava esperar o vapor da Baiana. Ia com toda a certeza vender umas calcinhas e combinações.

▪ *Juazeiro é uma cidade da Bahia que fica na margem direita do rio São Francisco.*

Quando saiu de casa, avistou, passando distraído naquele exato instante, Júlio Salgado, que Mr. Wilson conhecera na varanda do Salviano, ligeiramente, havia uns dias. Mr. Wilson viu que Júlio tinha parado, para acender o cigarro, e que, virando-se para abrigar do vento a chama do fósforo, avistara-o:

— Bom dia, Mr. Wilson. De pé tão cedo?

— Sim, **eu vai ver** o navio.
— Ah, eu também irei, mas antes preciso passar no Salviano. Quer vir comigo? Acho que dá tempo.

> *"Eu vai ver"*: o personagem não usa a forma correta gramaticalmente "eu vou ver".

Mr. Wilson, que andava querendo mesmo investigar as relações entre aquele sujeito e Manuel Salviano, achou a oportunidade excelente. Saíram juntos, conversando, Salgado olhando cuidadosamente em torno para ver se aparecia alguma pessoa que, vendo-os juntos, pudesse depor depois contra ele. Mas estava tudo deserto ainda e, em poucos minutos de andarem, estavam fora da cidade. Mr. Wilson ia fazendo suas perguntas com tato e cautela. Quantos vapores pretendia o sr. Salgado botar no S. Francisco? Seis. Havia mesmo dois meses que ele já se achava em Juazeiro? Já. Tinha aprontado algum plano de construção do atracadouro? Sim, vários, a companhia os estudava, em São Paulo. Quando começava a surgir ao longe, isolada, a casa de Manuel Salviano, Júlio disse, apontando para as bandas do rio:

— Ué, quer ver que já é o vapor?
— É, sim — disse Mr. Wilson **consternado**. — Eu queria estar no porto quando ela atracasse.

> *Consternado* é muito triste, desolado.

— Pois vamos numa reta pelo capinzal até o rio que num instante chegamos lá.

Logo que se afastaram completamente da zona de casas, Júlio Salgado crispou a mão direita em torno do cabo da faca, protegido por um lenço. Ia apressar o inelutável, o absolutamente inevitável: a morte de um homem. Ajudaria assim a sobrevivência de algo imortal: o Partido. E conquistaria a gratidão, talvez o entusiasmo, talvez mesmo o amor de uma das obras mortais mais admiráveis que já conhecera: João.

Mr. Wilson ia andando na frente e Júlio pretendia assassiná-lo pelas costas. Foi pena que ele se voltasse no instante exato em que Júlio levantava a faca de ponta. Esta lhe entrou

Antonio Callado

pelo peito com tanta força e foi tão direta ao coração que Mr. Wilson mal **exalou** um gemido ao cair de costas no capim. Da sua mão direita caiu a maleta, que se abriu e espalhou pelo terreno umas peças de náilon e três Bíblias. Júlio recolheu tudo para dentro da maleta, e, quando ia tomar-lhe a alça, relembrou leituras policiais sugeridas pelo próprio assassinado. Tirou, assim, do bolso o lenço que enrolara no cabo da faca e esfregou a alça da mala, para não deixar marcas digitais. Lançou, ainda, um olhar ao americano, cuja vista já se vidrava, e gritou, dentes cerrados:

— Imbecil! **Polônio**! Quem mandou meter o bedelho?

Andou pelo capinzal uns cem metros e resolveu atirar a mala no rio. As águas a afundariam logo. Súbito, pensou na capa preta e polida das Bíblias que ele repusera na mala, capas que bem podiam guardar impressões digitais, se alguém por acaso pescasse o diabo da mala. Abriu a mala para esfregar o lenço nos livros, mas, ao vê-los, teve uma sensação selvagem de troféu. Guardaria os livros! Em primeiro lugar evitava assim que porventura permanecesse ali uma impressão sua. Em segundo lugar, Bíblias capturadas a um americano assassinado eram algo quase intoxicante. Ia meter os livros no bolso e jogar fora a mala quando ouviu vozes no rio, vozes de alguém que subia a barranca e que veria a mala caindo n'água. Sem pensar em mais nada, enfiou de novo roupas e livros na mala e afastou-se, rápido.

> *Exalou* é emitiu.

> *Polônio* é o mesmo que polonês.

· · · · · · · · · · · · · · · · · · ·

M<small>r.</small> Wilson não tinha morrido instantaneamente, como parecera. Depois de tombado no chão, tivera ainda cabeça para rapidamente constatar, com uma amargura em que entrava um certo orgulho, que tivera razão em desconfiar daqueles dois engenheiros duvidosos. Sentia o filete da vida correndo finíssimo no instante em que Júlio lhe gritara palavras ininteligíveis, mas morrera numa grande alegria detetivesca, apesar de tudo. Qualquer criança ia ver que o **móvel** não tinha sido o roubo — pois aquele idiota lhe carregava a mala, para dar impressão de assalto com finalidade de roubo, mas deixava-lhe no bolso, e bastante gorda, a carteira de dinheiro! Ah, a polícia ia ter de investigar cuidadosamente o caso. Felizmente ele tivera aquela conversa com o **taverneiro** português. Este estava meio bêbado, mas se ouvisse dizer que o americano fora assassinado e que o móvel do crime não podia ter sido o roubo, decerto se lembraria da conversa que haviam tido.

> *Móvel* é motivo.

> *Taverneiro* é o proprietário de casa onde se vende vinho a varejo.

. . . .

Ainda não haviam passado uns cinco minutos do crime quando uma mulher deu o alarma. O marido barqueiro a deixara bem ali, na barranca — Júlio ouvira as vozes do dois —, e aos primeiros passos no capinzal ela deparara com o cadáver. Saiu numa carreira de terror na direção da cidade e teve tanta sorte que, mal chegava às primeiras casas, esbarrou no sargento Caraúna.

— Um homem!... Faca **nos peito**... Lá, **sor** sargento.

— Morto?

— Pelo cabo que tinha de fora devia estar espetado até o fim das costas.

— Tu é a Maria Peixeira, não é?

— Sim, sor sargento.

> *Nos peito*: o personagem não usa uma das formas corretas "nos peitos" ou "no peito".

> *Sor* é senhor.

Antonio Callado ɔʀ 101

— Você depois vai ter de aparecer no inquérito, hem, mulher! Agora inteira a corrida e vai até a delegacia avisar o pessoal. Diz que eu toquei logo para o local do crime.

E o Caraúna andou ligeiro em direção ao ponto do capinzal apontado pela Maria Peixeira. Chegando lá, viu logo que não havia sombra de vida no corpanzil de Mr. Wilson. Abanou a cabeça e resolveu esperar a chegada do delegado antes de tocar no morto. Sentou perto do cadáver. Então, no chão onde se achava, viu, pelo jaquetão aberto de Mr. Wilson, a carteira de dinheiro.

A luta entre a responsabilidade e a honestidade foi rapidamente desempatada pelo bom senso. O Caraúna resolveu ver se valia a pena roubar a carteira. Estirou seus dedos compridos e hábeis pela fresta do paletó do morto e extraiu a carteira.

Caraúna contou o dinheiro. Eram 1.855 cruzeiros. Meteu resolutamente a carteira no bolso e ficou esperando o delegado.

. . . .

Júlio olhava agora com tanto ódio o ponto do assoalho onde levantara as tábuas para esconder a mala porque, até certo ponto, dava-lhe raiva pensar que ficara com aquele trambolho, quando podia ter feito o esforço de jogar tudo no rio, com um pouco mais de sangue-frio. As vozes não estavam tão próximas assim, afinal de contas. O que lhe dava maior raiva, porém, era relembrar o crime, que não lhe rendera exatamente aquilo que mais o estimulara a cometê-lo — a admiração de João Martins. Este fora surpreendido, ao acordar, com seu companheiro de quarto voltando da rua.

— Aonde é que foi tão cedo? — perguntou ele espantado.

— Ah, seu cabecinha-de-vento! Pense um instante. O que é que tanto o atormentava ontem à noite?

— Mr. Wilson! — exclamou João batendo na testa, presa novamente do mesmo medo. — Você providenciou o avião? Já podemos partir?

— Não precisamos mais partir.

João Martins não acreditou no que ouvia, mas, obscuramente, gostou da resposta que lhe dava uma esperança de não sair de Juazeiro antes de haver dormido — uma vez que fosse — com a Ritinha.

— Como não precisamos mais partir?

— Não precisamos. Mr. Wilson sofreu um acidente... fatal.

— Um... acidente?

— Sim — disse Júlio com uma **volúpia** de ator que chega à grande fala da noite: — Espetou-se na ponta de uma pernambucana.

> *Volúpia* é o mesmo que grande prazer.

João Martins ficou parado, estatelado, incrédulo e aterrado. Júlio tinha esperado uma reação de assombro, mas, depois, uma gratidão máscula, teatral. Imaginara o outro segurando-o pelos ombros, olhando-o bem nos olhos e dizendo:

— Você é único! Que coragem! Que sangue-frio!

Em lugar disto João Martins, agora, empalidecia:

— Você... o assassinou? — disse afinal, num murmúrio.

— Eu servi ao nosso Partido e acho que também dei alguma tranqüilidade a alguém.

João balançou a cabeça, como quem não entende bem o que está ouvindo, vestiu-se em silêncio e disse que ia sair. Júlio, o coração pleno de fel, **silvou**, frio e áspero:

> *Silvou* ou falou, como cobra.

— Veja se agora vai ter algum chilique na rua, quando lhe falarem no Wilson. E olhe, trate de ver quais são as reações do Zeca. Se ele der sinais de desconfiança, você se encarregará de despachá-lo.

João voltou-se **lívido**:

> *Lívido* é o mesmo que muito pálido.

Antonio Callado ⌘ 103

— Não, isto nunca. Pelo amor de... pelo amor que tem à sua mãe! Vamos embora daqui, enquanto é tempo.
— Não seja tolo. O Zeca não vai desconfiar de nada. Mas mantenha-o sob vigilância, mesmo assim.

O Zeca, cuidadosamente observado, não deu mostra de lembrar, sequer, a conversa da véspera. O crime fora perfeito. Mas falhara no essencial: não lhe dera a admiração de João Martins, antes fazia com que o outro o evitasse agora o mais possível, e deixara-lhe no assoalho aquela mala incômoda.

A madona de cedro

. . . .

> *Madona* é a Nossa Senhora.
>
> *Cedro* é um tipo de madeira.

Segundo romance de Antonio Callado, *A madona de cedro*, publicado em 1957, narra a situação das cidades históricas de Minas Gerais quando, às vésperas da Semana Santa, são atacadas por uma inusitada seqüência de roubos de obras sacras de Aleijadinho. No texto, a ação transporta-se para Congonhas do Campo, no Santuário do Bom Jesus de Matosinhos, e gira em torno do roubo de uma imagem sacra barroca. Surpresa e espanto geral, menos para Delfino Montiel, o único a saber mais do que os outros a respeito do ocorrido.

. . . .

Parte I

1

Quando a **quaresma** estourava nos montes e nas igrejas, Delfino Montiel não era o único a pensar no afamado caso do roubo da Semana Santa. Só que Delfino sabia muito mais sobre o caso do que os

> *Quaresma* é tanto os quarenta dias após a Quarta-feira de Cinzas como o nome de uma árvore de folhas roxas.

demais. As quaresmeiras roxas rebentavam em flor nas encostas, os panos roxos saíam dos gavetões das sacristias para os altares, e Delfino sentia um calafrio. Era uma semana de expiação e vergonha para ele. Mas — e não adiantava negar isto lá dentro dele mesmo, que diabo, porque enganar, enganar mesmo, a gente só engana os outros — era também uma semana de grande prazer. Naquele ano do roubo de Sexta-Feira da Paixão, ele, chegado o domingo de Páscoa, já começava a sua viagem rumo ao Rio de Janeiro. E rumo a Marta, Marta que naquele tempo ainda se chamava, de sobrenome, Ribas, e que agora, louvado fosse Deus, era Montiel mesmo. Por isto

> Acácia é um tipo de árvore ou a sua flor.

é que Delfino, quando via quaresmeira e **acácia** pintando os morros de Congonhas do Campo ou pondo manchas de amarelo e ouro nas águas do Maranhão e do Santo Antônio, murmurava consigo mesmo: "Não posso deixar de dizer que se fico triste na Semana Santa como as quaresmas, fico bem alegre também, feito as acácias." Delfino só ficava mesmo **sorumbático** quando a quaresma e a acácia cresciam juntas e misturavam ouro com roxo numa copa só. Aí ficava tudo com cor de enterro e seus pensamentos se voltavam para o lado triste da Semana Santa, do roubo.

> Sorumbático é tristonho.

O caso tinha deixado de boca aberta todo o mundo não só em Ouro Preto, Mariana e Congonhas, como até em Belo Horizonte. Até no Rio de Janeiro. Como sempre na Quaresma, as imagens nas igrejas tinham sido cobertas com panos roxos, para ressurgirem em seu dourado esplendor de talha ou em seu lustro de **pedra-sabão** no Sábado de Aleluia. Pois quando chegou o grande momento, quando os sinos de festa comunicavam a grande nova da Ressurreição e seus festivos **alaridos** se chocavam no cabeço dos morros, quando chegou esse momento e os **sudários** roxos eram baixados dos altares para que ressuscitassem também os santos do Senhor — começou a se espalhar a notícia dos roubos. Primeiro, desconfiados, os padres e sacristães das igrejas roubadas ficaram quietos. Quem sabe se algum fiel mais apaixonado não levara essa ou aquela imagem com intenção de restituí-la dentro de alguns dias? Mas quando a matriz ouropretana da senhora do Pilar deu por falta do próprio são Jorge do Aleijadinho, aí foi um deus-nos-acuda. Tratava-se da avantajada imagem do padroeiro português e santo amado

> Pedra-sabão é um tipo de pedra muito usada em Minas Gerais para fazer esculturas.
>
> Alaridos são lamentações.
>
> Sudários são mortalhas, espécies de lençóis para envolver os mortos.

dos pretos, do próprio São Jorge com sua longa lança que, entre tantas de suas façanhas, contava até a de ter sido preso certa ocasião: durante uma procissão tombara do cavalo, lança em riste, matando um fiel. A opinião pública fora unânime em achar que o fiel devia ser um terrível pecador para que o santo soldado resolvesse vará-lo com a lança, mas mesmo assim foi presa a imagem. E agora a roubavam! Uma das principais obras do Aleijadinho! E não tinha sido a única, ao contrário. Os misteriosos ladrões tinham também carregado, da Ordem Terceira da Senhora do Carmo de Sabará, a **beatífica** estátua de cedro de são João da Cruz, o doutor místico, o grande amante do Cristo, obra de talha também do Aleijadinho. Quase todas as imagens menores do grande mestre haviam sumido. Um dos anjos **atlantes** do coro da mesma Ordem Terceira do Carmo fora também removido, embora não estivesse coberto. O ladrão ali ousara tudo, carregando até medalhões de pedra-sabão, **peritamente** descolados. Quando as primeiras notícias chegaram a uma Congonhas do Campo estupefata, o vigário do Santuário do Senhor Bom Jesus de Matosinhos, padre Estevão, percorreu nervosamente seu templo, tudo **esquadrinhando**, e afinal, enxugando na testa o suor da aflição, veio para o **adro**, tomar um pouco de ar e agradecer ao Senhor por haver protegido aquela casa. De repente lembrou-se de que, a pedido dos fiéis, tinha sido levada para a Capela dos Milagres a preciosa imagem de Nossa Senhora da Conceição, talhada pelo Aleijadinho e delicadamente colorida por mestre Ataíde. Correu aos Milagres. Tinha sido roubada! Com o coração aos saltos, o vigário lançou-se para fora, pela alameda que corre entre as capelas dos

> *Beatífica* é a que produz encanto.

> *Atlantes* são fortes, atletas.
>
> *Peritamente* é sabiamente.

> *Esquadrinhando*, isto é, examinando.
>
> *Adro* é o terreno em frente e/ou em volta da igreja.

Passos, com as 66 estátuas de cedro da Paixão do Senhor. Percorreu as capelas em legítima *via crucis*, levando muito mais tempo do que devia em abrir com as grandes chaves os portões de ferro de cada uma. Ali, no entanto, nada parecia faltar.

> *Via crucis*, em latim, traduz-se por caminho da cruz; calvário.

Padre Estêvão podia se dar por muito feliz. Só a Nossa Senhora da Conceição (tão disputada ao santuário do Bom Jesus pela matriz de Congonhas, que era exatamente dedicada à senhora da Conceição) havia desaparecido. Nas outras cidades onde a incrível quadrilha tinha agido os prejuízos eram terríveis. Florões e medalhões e querubins de pedra-sabão, até ornatos dourados de **púlpito** e coro, de pia e chafariz, um grande santo Antônio da igreja franciscana de Ouro Preto, o Jeremias da igreja de São João do Carmo de Ouro Preto, e mesmo o são Miguel da Capela das Almas da igreja franciscana de São João del-Rei — tudo sumira.

> **Púlpito** é o lugar elevado de onde falam os oradores nos templos religiosos.

Do velho professor que lhe ensinara as primeiras letras, em Ouro Preto, Delfino Montiel tinha ouvido um resumo da situação que lhe parecia exato: desde a **Inconfidência** não havia tamanho rebuliço por ali.

> *Inconfidência Mineira*: movimento patriótico do final do século XVIII, liderado por Joaquim José da Silva Xavier, o Tiradentes (1746-1792), e que pretendia libertar o Brasil do regime colonial português.

Com incondicional humildade, a polícia local, ao ler a lista dos furtados e ao ver que nas igrejas só havia o maior pasmo e nenhuma idéia acerca do possível ladrão ou ladrões, declarou-se logo incompetente para o trabalho. E nem o governo do Estado queria perder tempo com providências que não esgotassem logo o assunto. Convocou, de acordo com a diretoria do Patrimônio Histórico e Artístico Nacional, o Departamento Federal de Segurança Pública. Não ficou fora das grades um vadio, um desocupado, um bêbado ou ex-preso de Ouro Preto, Mariana, Congonhas e Sabará. Em todas as capelas e altares saqueados a coleta de impressões digitais foi tão abundante que a população começou a resmungar que se os detetives do Rio queriam apurar quais eram de fato as obras do Aleijadinho perdiam tempo: o homem trabalhava sem dedos, roídos pela lepra. O **DFSP** fez um levantamento dos táxis e carros vindos de Belo Horizonte ou dos que houvessem atravessado barreiras, entrevistou motoristas nas várias praças, vasculhou, em várias garagens, centenas de caminhões: não se recuperou um querubim.

DFSP é a sigla do Departamento Federal de Segurança Pública.

Quarup

Romance mais conhecido de Antonio Callado, *Quarup* foi publicado em 1967. O enredo é dividido em sete partes. As ações sucedem-se num período de dez anos: iniciam-se no governo Getúlio Vargas, na década de 1950, e terminam em 1964, depois da deposição de João Goulart e o início da repressão por parte da junta militar. *Quarup* mapeia o desenvolvimento pessoal e político de Nando, um jovem padre de Pernambuco que sonha em recriar um paraíso utópico no Amazonas, inspirado nas missões jesuíticas dos séculos XVI e XVII. O nome deste capítulo selecionado, "A maçã", se deve a uma brincadeira feita por Fontoura com o padre Nando, a pedido de Lídia, quando ele chega ao Xingu: a recriação do mito de Adão e Eva.

3
A MAÇÃ

Lodestar é um modelo de avião norte-americano.

Malocas são habitações indígenas que alojam várias famílias.

Varjões são planícies férteis e cultivadas.

Morená: convergência dos rios Ronuro, Batovi e Culuene, identificada pelos povos do Alto Xingu como local de criação do mundo e início do rio Xingu.

No controle do **Lodestar** o piloto Olavo, do Correio Aéreo Nacional, apontou a Nando lá embaixo o grupo de **malocas**. Nando sentiu o coração bater apressado.

— É o Posto Capitão Vasconcelos?

Olavo assentiu com a cabeça. Um minuto antes, como se lhe mostrasse um mapa, Olavo sobrevoara a região, que vai dos cerrados e **varjões** do centro do Brasil à floresta amazônica, impenetrável à vista de quem voa como uma couve-flor monumental. Nando tinha identificado, do seu assento ao lado do piloto, a larga fita d'água do Xingu saindo do **Morená**, ponto em que se encontram seus três formadores Culuene, Ronuro, Batovi. O piloto ia dizendo os nomes mas não precisava. Nando até adivinhava, invisível das primeiras alturas na sua pequenez, o Tuatuari, afluente do Culene, à beira do qual ficava o Posto do **SPI**. Mas agora, sim, agora as malocas e uma construção maior, o Posto sem dúvida, no terreiro limpo. Do lado do riozinho criança, Tuatuarizinho de tantos sonhos. Nando só não conseguia ainda divisar índios. Sabia, de tantas leituras, que eles sempre **acorriam**, cercavam todo avião que chegava. Por enquanto nada, embora crescesse de encontro ao avião o campinho de pouso retangular, civilizado como uma quadra de tênis no mato **bronco**. O Lodestar pousou.

> *SPI* é a sigla do Serviço de Proteção aos Índios, extinto em 1967, quando foi criada a Funai (Fundação Nacional do Índio).

> *Acorriam* ou corriam a algum lugar.

> *Bronco* é não cultivado.

— Chegamos — disse Olavo.

A porta do avião foi aberta, o piloto saltou. Nando saltou atrás dele.

— Engraçado — disse Nando — pensei que os índios mansos dos Postos corressem ao encontro de aviões chegados. (...)

O campinho se comunicava com a aldeia por um belo estradão de uns oitocentos metros de comprimento, ladeado de grandes árvores de **frondes** manchadas de **ipê-roxo**. Nando, mala na mão, meteu o pé no caminho, ansioso por ver os primeiros curumins correndo ao seu encontro, atirando-se aos seus braços. Queria apertá-los contra o peito para sentir o cheirinho que sabia que tinham, de terra, de água do rio, de jenipapo e de **urucum**. Enquanto aguardava ia engolindo pelos olhos e pelo nariz as várzeas, as manchas de mato.

> *Frondes* são as copas das árvores.

> *Ipê-roxo* é um tipo de árvore.

> *Urucum* é o fruto do qual os indígenas extraem corante vermelho.

Antonio Callado

> *Jatobá* é um tipo de árvore.
> *Buritis* são palmeiras.
> *Linheiro* é reto.
> *Hiléia* é a floresta amazônica.
> *Harpia* é ave de rapina.

E aquilo? **Jatobá** de índio fazer canoa? E adiante? Os **buritis** de índio fazer tudo? Monstro de pau **linheiro**. A **hiléia** crescendo medonha para o equador. Agora, quebrando à esquerda rumo à casa do Posto, as malocas, abauladas, acocoradas no chão, com sua porta móvel, de varas e de palha. A um canto, na sua gaiola de varas, a grande **harpia** melancólica que dá plumas à tribo.

Mas ninguém. Ninguém no terreiro. Ninguém à beira do rio. Ninguém diante de qualquer maloca que fosse. Ninguém em parte nenhuma. Nando foi andando para a construção do Posto com o coração batendo fundo, a longos intervalos. Que castigo seria aquele, Senhor? Que poderia ter acontecido? Que esconderia a porta do telheiro, por trás da sua varanda onde havia redes? Redes mas vazias. Todas vazias.

Estava Nando a uns vinte metros quando de dentro da casa saiu um casal de índios. Um belo casal de índios. Seu primeiro casal de índios. Nus. Ela apenas com seu **uluri**, ele apenas com um fio de miçangas nas cinturas. Deram dois passos para fora da casa. Voltaram-se um para o outro. Nando, que estacara, viu então que a mulher tinha na mão direita uma maçã, que oferecia ao companheiro. O índio fez que não com a cabeça. Ela mordeu a maçã. E então, virando-se para Nando, foi lentamente andando em sua direção, a maçã na mão estendida em oferta. Nando, confuso, pôs a mala no chão, estirou a mão.

> *Uluri* é uma tanga feminina mínima, triangular, tapa-sexo.

Uma risada estourou atrás de Nando, outra ao seu lado, e das malocas saíram em **chusma** índios rindo e gritando, homens e mulheres e crianças. Agora, sim, Nando se viu no meio de uns cinqüenta índios.

> *Chusma* é o mesmo que grande quantidade.

A mão de Olavo, que rira por trás dele, caiu-lhe afetuosa no ombro.

— Desculpe o mau jeito. Mas o Fontoura me fez prometer que eu ajudava a lhe pregar uma peça. A peça aliás foi encomendada pela Lídia, do Otávio.

Nando riu e deu um assobio de alívio.

— Peça? Me pregou um susto danado, isto sim. Primeiro pensei que tivesse morrido todo o mundo. Depois... Nem sei!

— A bola foi bacana, confessa.

Nando estava por tudo. Na sua frente sorria um **caboclo** simpático, que saíra de uma maloca à direita do terreiro e que sem dúvida dera o sinal aos índios para o alarido que assinalara o instante da aceitação por Nando da maçã.

> Caboclo é o filho de branco com índio.

— Este é o Cícero — disse Olavo. — Braço direito do Fontoura.

Nando apertou a mão de Cícero.

— A brincadeira foi ótima — disse Nando acariciando a cabeça de uma **cunhantã** que tinha pegado sua mão e sorrindo para o carão dos índios mais próximos.

> Cunhantã é menina.

— Uuuuuuuu! — berrou Olavo girando nos calcanhares para atingir todos os ouvidos. — Dispersa, indiada vagabunda!

Os índios riram juntos, fugiram como se estivessem apavorados.

— Isto — disse Olavo. — Quando fala o maioral, sai toda a arraia miúda das cercanias. Deixa eu primeiro apresentar Adão e Eva a padre Nando. Chega para perto, Canato, seu sem-vergonha. E você, Prepuri, sua desclassificada. O padre está brabo com vocês.

— Canato é casado com duas mulheres, Nando, duas irmãs. Esta é Prepuri. Canato é um dos poucos que falam algum português.

— Canato não gosta de padre — disse Canato.

— Fala português, sem dúvida — disse Nando. — Português claro.

— Quem é que mandou você dizer isso, Canato? — disse Olavo.

— Foi Fontoura sim.

Canato tomou a maçã da mão de Prepuri e meteu-lhe o dente. Só agora Nando pôde olhar seus índios, aqueles homens, mulheres e crianças castanhos e nus, paixão e angústia de tantos anos de sua vida no mosteiro. Alguns já estavam entrando de novo nas malocas, a maioria puxava Olavo pelos braços para que voltasse com eles ao avião.

Bar Don Juan

Escrito três anos após a decretação do Ato Institucional nº 5 (AI-5), *Bar Don Juan*, publicado em 1971, narra a vida da juventude de classe média carioca durante o período mais violento do regime militar. Um grupo de intelectuais de esquerda da zona sul, tendo como referência o Bar Don Juan, tenta organizar um esquema revolucionário capaz de integrar o movimento brasileiro aos guerrilheiros bolivianos, juntando-se às forças de Che Guevara. Tudo isso se dá simultaneamente em torno de João e Laurinha, casal que foi torturado pela polícia. Neste trecho ocorre o encontro do pistoleiro com o macumbeiro Mestre Laurêncio e a conversa entre os dois. Laurêncio diz que não adianta buscar remédio se não se quer tomar. O que chama a atenção é a linguagem empregada pelo autor, baseada na região e na classe social dos personagens.

Parte 1

Aniceto tinha voltado aquele dia do Estácio, com João, sentindo que no lugar de sua cabeça funcionava a toda o liquidificador maior do Bar Don Juan: o vulto recortado por trás do vidro, o cabo do 45 na mão, e ele lembrando sua chegada de Alagoas, fugido da polícia, João lhe arranjando emprego de **leão-de-chácara** no bar.

Leão-de-chácara é o guardião de casas de diversão.

"Não sei fazer nada neste mundo. Só mesmo dar tiro em desafeto dos outros."

"Pistoleiro?"

"Sim senhor."

"Você agora vai dar tiro nos desafetos de todos nós", tinha dito João.

Agora, no balcão do bar à espera dos fregueses, Aniceto lembrava a armadura que Mestre Laurêncio, como um **armeiro**

Armeiro é o fabricante ou vendedor de armas.

Antonio Callado 115

> *Catimbó* é um culto de feitiçaria.
>
> *Sarro* é o resíduo de nicotina que fica no cachimbo.
>
> *Fornilho* é a parte do cachimbo onde se queima o fumo.
>
> *Bafio*, isto é, cheiro acre, que produz náuseas.
>
> *Curupira*: personagem do folclore brasileiro que vive nas matas e tem os pés voltados para trás.
>
> *Panamá* é um tipo de chapéu de palha.

do **catimbó**, lhe pregara na própria carne. Lembrava mais com o corpo do que com a memória, por assim dizer: nas narinas o **sarro** do cachimbo que Laurêncio fumava com o **fornilho** na boca, soprando a fumaça pelo tubo, o **bafio** das velas, a morrinha das raízes, o hálito de aguardente; nos pés o frio da água que a **curupira** tinha derramado na bacia esmaltada; em cada articulação de osso aquele estalo que sentia à medida que Mestre Laurêncio lhe trancava o corpo contra bala e faca. Aniceto entrou no catimbó insolente, terno de linho branco cheirando a sabão e goma, chapéu **panamá** na cabeça. Tinha largado de Pão de Açúcar menos por matar Sesostris que para fugir da Da Glória e na barranca inteira do São Francisco crescia seu nome de pistoleiro afamado. Foi no catimbó quase de **picardia**,

> *Picardia* é o mesmo que pirraça.

sem muito ligar aquelas conversas de Vajucá e chave de Vangalô. Seu corpo fechado era o corpo do inimigo aberto à sua mira, era um amor entre sua mão direita e o revólver igual ao amor entre Aniceto e Da Glória. Quando ele entrou sorrindo, entre dois pistoleirinhos que eram feito sua sombra,

— Mestre Laurêncio, eu lhe digo perdão — falou Aniceto.

— O que é que foi, Mestre Laurêncio? Se assustou só de ver Niceto?

Laurêncio nem olhou o pistoleirinho que assim falou, pois fitava Aniceto.

— Chega mais perto, seu moço — disse afinal.

— Vista ruim? — disse Aniceto que se aproximou.

— A vista é regular, mas presunção costuma apagar quando se olha ela de perto.

Os dois pistoleiros acompanhantes deram um passo assim como quem vai se meter na conversa, mas Aniceto parou os dois.

— Me falaram que você quer fechar o corpo, moço.

— Se vosmicê não estiver muito ocupado — disse Aniceto.

— É só o tempo de me acenderem de novo o **pito** que seu vento apagou — disse Laurêncio estendendo o cachimbo à curupira.

> Pito é o mesmo que cachimbo.

— Pois eu não gosto de abusar do tempo de ninguém, Mestre Laurêncio. Passar bem — disse Aniceto que ia se voltando para ir embora —, eu volto outro dia, pode ser.

— Não paga nem a pena de voltar, moço, quem procura remédio que não quer encontrar, não acha. Quem mata os outros, querendo matar uma coisa nele mesmo, morre vivo.

Mestre Laurêncio pitou de novo o cachimbo aceso e mandou os secretários puxarem o ponto. Aniceto não estava mais rindo nem nada e entendeu que Laurêncio tinha mandado puxar a música para eles poderem falar sem ninguém ouvir. "Quem mata os outros querendo matar uma coisa nele mesmo." Aniceto não tinha mais orgulho porque agora, naquele repente, passava a acreditar em Mestre Laurêncio e no catimbó.

— Mestre Laurêncio, eu lhe digo perdão — falou Aniceto no centro da música e do sapateado. — O que é que eu quero matar em mim?

— Se você pergunta é porque sabe.

— Eu peço a vosmicê que me diga, eu fico de joelhos se vosmicê prefere.

— Tua voz não entra na minha boca. O que eu digo é que posso fechar teu corpo contra bala e contra faca mas não tem corpo de homem que se tranque contra tiro que estoura dentro, contra faca que não vem de fora.

Estava Mestre Laurêncio **mangando** dele só porque ele tinha entrado sem fé e sem respeito ou estava mesmo enxergando aquela faca que ele carregava nas entranhas?

> *Mangando* ou caçoando.

— Eu te fecho de tiro, de faca e **peçonha** de cobra, Aniceto, mas você prossegue aberto no que sabe. Tira as botas, Aniceto, fica de peito nu.

> *Peçonha* é veneno.

Os pistoleirinhos assombrados e sem mais ouvir a conversa viram um Aniceto humilde, que dizia sim com a cabeça curvada, tirava as botas e a camisa e se punha de pé na bacia esmaltada onde uma curupira despejou água. Laurêncio soprou na água a fumaça do cachimbo aos pés de Aniceto penitente, brandiu no ar a chave de aço e, no silêncio aprofundado pela sombra da música cessada **de chofre**, começou a trancar Aniceto com golpes de chave:

> *De chofre* é o mesmo que "de repente".

— Te isola do mundo na bacia Princesa, na ilha Princesa, e fecha-te de órgão, pelo Vajucá, de faca de ponta, de rifle e veneno, que no mundo há. Fecha o corpo deste irmão na cova de Salomão. Fecha o corpo, tá fechado, mura o corpo, tá murado, tapa o corpo, tá tapado, Vajucá.

Aniceto lembrava a vista dos **maracás**, baralhos de **buena dicha**, pés martelando o chão em torno da bacia Princesa.

> *Maracás* são instrumentos chocalhantes usados pelos índios em solenidades.
>
> *Buena dicha* é sorte, em espanhol.
>
> *Artelho* é dedo de pé.

— Fecha **artelho**, fecha pé, fecha joelho, fecha fonte, fonte, fonte, Vajucá.

E agora tudo rodava à sua volta, curupiros, curupiras, secretários, e ele sabendo que nada mais entrava de fora no seu corpo e que a faca de dentro não saía nunca mais.

118 ∞ *Novas seletas*

No dia em que alugou o pequeno sítio nos arredores de Corumbá, Gil resolveu que o que mais lhe importava na vida era Mariana, recuperar Mariana, colocar de novo a cabeça de Mariana no travesseiro ao lado do seu. Depois, escrever livros. E nada mais. Ainda bem que não encontrara Joelmir. Mergulhou no Pantanal de poros abertos, para **ingurgitar** o que encontrasse e suar depois o Brasil tal como conhecido das toupeiras, dos tatus e dos mortos de boca cheia de terra, no máximo o Brasil rente ao chão, bem rente, jamais atingindo a altura de um homem e nunca a altura de um revolucionário. Pedia auxílio a seu vizinho Ximeno para armar o roteiro, depois tomava o trem até uma estação dentro do Pantanal e saía a cavalo, carregando na sela o saco de dormir em que se enfiava e se zipava para pernoitar ao relento, ouvindo corujas e sapos. Às vezes pedia abrigo numa invernada da fazenda Bodoquena ou da Miranda Estância, aquecendo-se à fogueira dos vaqueiros, sorvendo uma caneca de café ou um **chifre** de mate. Difícil fazer os vaqueiros aceitarem a carne ou o leite que tirava de latas, mesmo quando ele partilhava do churrasco ou do panelão de **mariachica**, enquanto ouvia conversa de boi ou de onça, a garantia de veracidade esticada em varas.

Ingurgitar é devorar.

Chifre é o recipiente feito com o chifre de algum animal.

Maria-chica é como é chamado o arroz-de-carreteiro na região do pantanal.

— Meu barroso se atolou mas urubu nem roçou nele.

E o vaqueiro apontava grave a carne que secava nas varas.

— Ela fez a **dizimação** dos carneiros na beira do Abobral, mas morreu de pura **zagaia** nas arcas do peito.

Dizimação é extermínio.

Zagaia é uma lança curta de arremesso.

Lá estava o rasgão na pele ainda fresca da pintada amarelando brava à luz

> *Cocho* é uma espécie de vasilha ou tabuleiro.
>
> *Corixo* é o canal por onde as águas se escoam para os rios vizinhos.
>
> *Ruflo* é agito.
>
> *Colhereiros* são aves.
>
> *Serigüela* é uma fruta típica do Nordeste.
>
> *Aroeira* é uma espécie de árvore ornamental.
>
> *Maltas* são bandos, grupos.
>
> *Capim-colonião* é um tipo de planta.

da fogueira. Gil se despedia, saía a cavalo pela noite afora para dormir debaixo do telheiro dum **cocho** de sal, à beira dum **corixo** fosforescente de olhos de jacaré, e acordar com o **ruflo** de asas dos **colhereiros** cor-de-rosa. Lavava a cara no corixo, colhia e chupava uma **serigüela** ácida, esfregava nas mãos as folhas da **aroeira** para guardar o perfume, selava o cavalo e partia de novo. Não anotava nada em viagem e nem tinha máquina fotográfica: via e digeria o emo chocando os ovos da ema, o bem-te-vi catando piolho no boi, as **maltas** de cardeais salpicando o mundo de sangue, os cavaleiros que sumiam a galope no **capim-colonião**, de fora só os chapéus fendendo velozmente o verde.

Reflexos do baile

Publicado em 1976, *Reflexos do baile* relembra a onda de seqüestros da ação clandestina durante os duros anos da ditadura militar. A história é contada a partir de bilhetes e cartas, nos quais os que depõem utilizam seus próprios meios de expressão. Vários personagens manifestam-se neste trecho: primeiro, as memórias e lembranças da infância do aristocrata Rufino Mascarenhas, embaixador brasileiro aposentado. Como os demais, Rufino sente-se amedrontado pelo seqüestro do embaixador da Alemanha. Em seguida, o embaixador de Portugal, Antônio de Carvalhaes, encarregado de repatriar os ossos do imperador Pedro I, escreve para seu filho. E ainda Dirceu, que receia ser descoberto, sugere o baile em que se seqüestraria a rainha da Inglaterra, esperada para a inauguração da ponte Rio–Niterói.

2

Quinta-feira — Posso dizer que vivi até hoje à espera de dois vácuos: desta folha de papel branco, cercada de tempo por todos os lados, em que ora inicio meu diário, que abrigará também minhas multisseculares memórias **mascarenhas**, e este quintal a reconstituir, onde faltam a jaqueira e o **abieiro** no campo imediato de visão, e onde, como um soluço estrangulado sabe-se lá entre que ferozes raízes e que pedras negras, sabiá enterrado vivo, canta sua canção meu olho dágua, minha mina, minha fonte e arroio, tudo isto para provar, em essência, que a reconstrução da moldura da janela pode forçar a paisagem lá fora a refazer-se. Os homens e não as fontes deviam enterrar-se em seus jardins. O jardineiro Válter planta hoje

> Mascarenhas: pertencente aos Mascarenhas, família citada no romance.
>
> Abieiro é a árvore originária do Peru, produtora da fruta abiu.

> Cajá-mirim é fruta freqüente nas várzeas da Amazônia e no Nordeste.
>
> Úberes ou abundantes.
>
> Taquaradas são golpes de taquara, planta de caule oco.

meu **cajá-mirim**, minha jaqueira, meu abricó, perfumes, gomos, gosmas de imoderados **úberes** que saem da folhagem sombria como os peitos de minha ama Luísa saíam da blusa escura do uniforme. Sinto os beiços pegajosos dos leites e visgos de abios derrubados a **taquaradas** no bosque do sopé do morro, eu e a malta dos meninos da vizinhança entrando na mata como sacristães numa capela, armados das varas de extinguir as velas altas, apagando abios sob o teto verde. Vou aumentar o pequeno pomar de agora às dimensões da infância, pois hei de recuperar o tempo perdido com palavras e com cambucás, abricós, ingás e jambos. E sobretudo, ai de mim, com as frutas **carminativas**, mamão, tamarindo, ameixa, fruta-pão. **Brumosa** Urraca, faz com que volte ao lar reerguido Juliana, que me arranjou o jardineiro mas não quer replantar-se entre as **estrelítzias**.

> Carminativas: que dificultam a formação de gases no tubo digestivo e facilitam a eliminação deles.
>
> Brumosa é incerta.
>
> Estrelítzias são um tipo de flor.

3

Dirceu: Eu sou um traidor convicto mas pretendo que a traição dê frutos e aqui não dá. Não dá mesmo. Só se em vez de gente eu fosse um boi, uma manada de búfalos, um churrasco. Você me fala em armas, mais armas, mas eu preciso de costelas, patinho, acém, chã-de-dentro e mocotó. Tenho uma **grosa** de guerreiros e até um santo ou dois mas não conseguimos vencer a mansa resignação dos que não comem. A menos que rebente uma guerra não vejo

> Grosa é o mesmo que 12 dúzias.

quando é que teu trem lacrado vai entrar apitando para **desovar** na plataforma o traidor. Não pense que estou lambendo minha própria ferida não que eu tenho o estômago forte e faço três refeições por dia. O medo é que meu fedor seja sentido pelos outros antes que eu me afaste e me declare.

> *Desovar* é jogar, atirar.

....

4

Domingo — Fez-me ontem conhecer o embaixador Antônio de Carvalhaes, de Portugal, nosso comum vizinho Sir Henry Dewar, que, pouco diplomática, algo gin-tonicamente, pois tomara alguns, disse, quando nos apresentava, que os seqüestradores, se desejassem boa companhia, deviam confinar **Old Bones**, referência, de duvidoso gosto brejeiro, ao fato de achar-se o português entre nós sobretudo para fazer a entrega dos ossos. Carvalhaes sorriu, e, enquanto me estendia a mão, manobrou por desvencilhar-se do anfitrião **avinhado**, conduzindo-me a um belo sofá Adam da Embaixada de Sua Majestade. Aí nos sentamos à sombra de **um Turner**, todo dourado de **feno**, e em breve evocávamos os alvos fortins e as doces e laxativas ameixas de Elvas, cidade onde surgiu, em tempos de el-rei d. Sancho I, o primeiro dos Mascarenhas e a, por assim dizer, Eva da minha linhagem, que atendia pelo nome **terroso** e **lenhífero** de Urraca Anes.

> *Old Bones*, em inglês, ossos velhos.
>
> *Avinhado* é embriagado, bêbado.
>
> *Um Turner*: referência a alguma obra do pintor inglês Joseph Turner (1775-1851).
>
> *Feno* é erva seca para alimento de animais.
>
> *Terroso* é o que tem aparência de terra.
>
> *Lenhífero* é o que tem aparência de madeira.

....

5

Dirceu: O jeito é darmos aquele baile de que te falei, projetado há um século. Já que brasileiros somos todos não hão de obrigar a gente ao **descalabro** de ensangüentar camisas engomadas e furar a bala vestidos de festa como se fôssemos bárbaros, como se não passássemos de franceses ou russos. O imperador e o Gabinete vão simplesmente para a copa. Eu entro, modesto, com as trevas. Pergunte às andorinhas do Rio se não conheço cada um dos fios, pergunte aos cães cariocas se não conheço todos os postes.

> *Descalabro* é desgraça, ruína.

....

6

Meu filho: Tentei, outro dia, descobrir alguma forma de recusar o convite que me era feito, como embaixador, de presidir à celebração dos cento e não sei quantos anos do nascimento do nosso **João de Deus**, em escola pública que ostenta seu nome. O convite incluía, feito pelas crianças da escola, um **canhestro** e tocante mapa a mostrar que, no bairro da Penha, ergue-se a João de Deus na praça **Almeida Garrett**, flanqueada por duas ruas, de Sintra e de Braga, e pela avenida Luís de Camões: concluí, entre suspirante e comovido, que minha presença era inevitável. Tratei de reler alguma coisa do algarvio. Fui. Mal imaginava que de lá ia sair trêmulo, entre guarda-costas que, com reprovação, me acompanhariam a lojas de discos em plena cidade. É que

> *João de Deus* (1830-1896): poeta português.
>
> *Canhestro*, isto é, feito desajeitadamente.
>
> *Almeida Garret* (1799-1854): escritor português.
>
> *Algarvio* é quem nasceu em Algarve, província de Portugal.

enquanto um miúdo, armado dum ramo de cravos brancos pintalgados de vermelho, dizia sobre o João doces **sensaborias** que decorara, pensava eu nos alguns versos seus de grave arquitetura, em que tentou, em vão, recapturar aquela certeza triunfal das formas que animava a Europa jovem de **Vivaldi** e de Bach. Tu te lembras da vaga que o João colheu no mar, toda arqueada, que diz às demais "deixai que eu passe, e passou, e morreu"? Pois estava eu assim nesses devaneios de joãodivina poesia quando em alguma vitrolinha, em outro canto do prédio, ou em casa vizinha, como tentaram fazer-me crer depois, notas musicais puseram-se a estalar e crepitar como gomos de bambu deitados às chamas. Uma **toada** amorosa, cheia de requebros, mas enquadrada em composição sonora de tão alarmante rigor que perguntei ao meu descompassado coração se afinal cá existem dementes a tentar tudo começar de novo. Franziu o cenho o diretor da escola diante dos perigosos, dissolventes anjos que a música soltava entre as crianças de uniforme. Foi favorecido por uma pane de luz que desligou a vitrola. Senti-me, a partir de então, e assim ainda me sinto até agora, negro e fumarento como um pavio de vela a quem um afiado golpe de vento priva da sua chama. Mecha inconsolável, fui, em busca de minha perdida labareda, às lojas. Imaginei-me um novo **Mendelssohn**, a extrair de um porão arquiducal, úmidos e mofados, os **Concertos Brandenburgo**, para secá-los ao calor da emoção dos povos. Provador de vinhos pela orelha, pus-me a ouvir trechos, goles de música que o moço imaginava, pela minha gaguejante descrição e minhas lamentáveis entoações, fossem da safra e

> *Sensaborias* são coisas sem graça, sem sabor.
>
> Antonio Vivaldi (1678-1741): violinista e compositor italiano.

> *Toada* é uma cantiga.

> Felix Mendelssohn (1809-1847): compositor alemão.
>
> *Concertos Brandenburgo* são obras do compositor Johann Sebastian Bach.

da pipa que eu buscava. Não eram. E cá estou eu, a perseguir um cântico como quem persegue a mulher inapelável, inclemente, apenas entrevista, logo desaparecida, que hei de encontrar para, pai magnânimo, mandar-ta em discos pela mala diplomática, com um orgulho de **califa** impotente, porém atento, a remeter a filho distante a mais formosa odalisca enrolada numa **alfombra**.

> *Califa* é título de soberano muçulmano.
>
> *Alfombra* é tapete espesso e fofo.

....

7

Dirceu: Pompílio furioso, intransigente, imprudente, pronto a desertar na marra. Vai com jeito ou sai da frente que o boi ficou **bagual**. Pompílio resolvido a executar seu plano de cem anos atrás. "Outro século não espero." Organizou do Ribeirão das Lajes aos Macacos, no Jardim Botânico, um arrepio matemático que medita até sobre os geradores que **crestam** a grama e cegam os cavalos do Jóquei-Clube. Fará recuar os relógios do Rio ao caos anterior ao terceiro versículo do primeiro dia no primeiro capítulo do primeiro livro do **Pentateuco**, instante em que o Senhor, resolvido embora a criar a luz, já previa para o versículo 21 no dia quinto dedicado ao jogo do bicho a vinda ao mundo da pré-serpente. Bota pilha na lanterna, Dirceuzinho.

> *Bagual* é animal indomado, intratável.
>
> *Crestam* ou queimam, tostam.
>
> *Pentateuco* são os cinco primeiros livros do Velho Testamento.

Sempreviva

Romance de 1981, *Sempreviva* narra a história de Quinho Vasco, um exilado que retorna clandestinamente ao Brasil no período anterior à abertura política. Ele quer encontrar os torturadores de Lucinda, que havia morrido na prisão no Rio de Janeiro, a fim de obter as provas necessárias para denunciar militares e polícia à Anistia Internacional em Londres. Quinho relembra o momento em que Lucinda foi aprisionada e assassinada por Ari Knut. Por fim, o delegado Claudemiro Marques descobre a verdadeira identidade de Knut: ele se fazia passar por Juvenal Palhano, um fazendeiro que se dedicava às caçadas.

Capítulo 52

Enquanto derramava o álcool num pires, dentro da bacia de louça que ficava em cima da cômoda, enquanto carregava o pires com cuidado, para não entornar, pondo-o em cima da mesa de cabeceira, e enquanto, afinal, riscava com mão trêmula e suada o fósforo, produzindo a chama azul na qual deitou, também azul, a carta de Liana, Quinho, passando o indicador no colarinho aberto, se sentiu conformado, calmo, em primeiro lugar porque se lembrara, ao derramar o espírito no pires e se mover de um lado para outro, das missas que acompanhava outrora como **coroinha**, e, em segundo lugar, porque ainda lhe restava na mão um grande trunfo.

> Coroinha é o menino que presta serviço nas igrejas como ajudante de missas e ladainhas.

Recuperara de chofre, ao se mover, sacerdotal, com o pires, o jovial assombro com que, coroinha, se dera conta de que o solene *Ite, missa est* queria apenas dizer vão embora, a missa acabou, o sangue estancou, o sacrifício chegou ao fim:

uma despedida, um adeus, cada um que fosse cuidar da sua vida, tomar a sua condução ou pegar, como pegara ele, o noturno da Central do Brasil, passando do escuro do cinema, da missa negra em que Lucinda lhe tinha sido arrebatada, para o escuro da sua cabine, no vagão-leito, onde se deitou, aterrado — mais aterrado do que havia pouco, ao ler a carta — as mãos geladas, a garganta seca, mas exausto demais para não ferrar no sono. No meio da noite, o despertar brutal, os tiras a sacudi-lo pelos ombros, do outro lado da porta da cabine o entrechocar dos canos dos fuzis que iam fuzilá-lo, e então ele, num **assomo** de energia digno do trisavô, **lanceiro** de Osório, empurrando aqueles que tentavam dominá-lo e esganá-lo, dispersando-os aos socos e pontapés, escancarando a porta para subjugar também os soldados — e desembocando, **estremunhado**, no plácido corredor do trem adormecido, as rodas, as plataformas de aço, os engates dos vagões, as ferragens orquestrando a afunilada noite ferroviária que deslizava oleosa por trilhos enluarados, para longe de Claudemiro e Knut, para longe dos assassinos e — o que então ignorava — para muito mais perto de Lucinda, para muito mais fundo nos braços dela.

Agora, repicavam os sinos do grande ite, ide, vade, cada um que se defenda, que arrume, lá fora, as alegrias que puder, e evite, como Deus for servido, os aborrecimentos. Se mandem, por obséquio, que está na hora de varrer a igreja, vão embora, não esqueçam nada nos bancos, nos **genuflexórios**, e raspem-se daqui, sumam que a missa acabou, o altar se apagou, temos todos muito que fazer, a começar pelo padre e o sacristão, bom proveito para quem comungou sangue de **anho** ou novilho, agora chega de tragédia e de mistério, é hora do cada um por

Assomo é indício, sinal.

Lanceiro é soldado que luta com lança.

Estremunhado é o que acordou subitamente.

Genuflexórios são os estrados para ajoelhar e orar.

Anho é o filhote da ovelha.

si e Deus por todos e quem quiser que conte outra que aqui o livro acabou, xô, gente, ide que a missa já era, foi, e acabou.

    Ele já ia, estava pronto, restabelecido do violento esforço, quase braçal, de, lida a carta, empurrar Juvenal Palhano pelos corredores dos anos afora, no sentido do passado, até que, como uma réplica de gesso, se espatifasse contra o vulto de bronze de Ari Knut postado no fundo de galerias e galerias do Instituto Médico-Legal: ficara, a princípio, ofegante, arquejante de cansaço, todo arrepiado com os calafrios de uma febre de medo, sentindo, além disso, no côncavo da mão esquerda, ameaçando-lhe a linha da vida, a dor mais fina de sua vida inteira, proveniente, talvez, de uma afiada farpa de gesso.

    Mas a certeza do trunfo que lhe restava, o **régio** curinga, é que acabara por tranqüilizar Quinho: Knut não sabia que Quinho sabia quem era Knut. Ai de mim, gemeu Quinho, julguei ter tido uma vez essa mesma vantagem diante de um **Melquisedeque** que ocultava o verdadeiro Knut como as geleiras do nono círculo ocultavam o **Iscariotes**, mastigado não por cães mas pelo grande Cão. Geleiras ou simples lavadeiras? prosseguiu Quinho, a corrigir, zombeteiro e severo, uma grandiloqüência imprópria à hora grave em que afinal entendia que os heróis não têm medo porque primeiro rascunham a batalha que hão de vencer depois, passada a limpo.

> *Régio* é digno do rei.
>
> *Melquisedeque* era o rei de Salém, em Canaã, região que compreendia a Palestina e a Fenícia.
>
> *Iscariotes* é o apelido de Judas, apóstolo que traiu Jesus.

    Deixando no pires seco a pitada de cinza sem sequer lembrar de malas ou pertences, Quinho ganhou a rua, pensando em, primeiro, procurar Jupira, durante um minuto, para fazer a revelação: "Adivinhe, Juju, se você é capaz, quem é na realidade Ari Knut. Eu sei, eu já sei, descobri..." Não contaria a ela, por falta absoluta de tempo, os pormenores da sua descoberta, havendo vagar e hora para tudo depois do encontro, do combate singular para o qual partiria, deixando uma Jupira assombrada para ir à presença de um Palhano atônito, **hirto** e doloroso como esses edifícios minuciosamente minados que vemos um segundo antes da implosão: Knut!

> Hirto é o mesmo que esticado, ereto.

Mal chegou à rua, ainda diante do hotel, viu o ajuntamento no portão da casa de Knut, desde a calçada, desde a ambulância branca, a casa, ela própria, tornada, de longe, quase invisível, devido à multidão de pessoas que davam as costas a Quinho, voltadas que estavam todas para o jardim de Knut, como se assistissem, da rua, a um espetáculo, uma sessão de cinema ao ar livre, e Quinho, o coração batendo forte, apressou o passo na direção daquele muro de dorsos humanos, de gente que via a película cinematográfica que em pouco saberia qual fosse — embora tivesse uma idéia — e à qual em breve estaria assistindo também.

Quando avistou Quinho — num desespero, mas desespero triunfal de quem, embora personagem menor, tem o encargo de divulgar, do palco ou da tela, a surpresa, a coincidência, o parentesco, de declamar e proclamar a tragédia que acaba de fazer em pedaços, como um vidro que se quebra, o venturoso **ramerrão** reinante até então na história — Malvina bradou:

> Ramerrão é rotina.

— Que desgraça, seu Quinho, ele morreu! Meu patrão morreu!

— Ai, ele morreu! — exclamou, ninfa-eco, sem direito a fala própria, Cravina.

Deitado entre suas plantas carnívoras, lívido, acinzentado, e ainda por cima, podia alguém supor, adoçado, pulverizado por algum açúcar mascavo das profundas, de tão coberto que estava de formigas, Palhano-Knut não parecia ter morrido há pouco, como Malvina dizia e Cravina ratificava:

dava a impressão de ter se **exumado** a si mesmo, ter emergido dos porões da morte, do fundo para a flor da terra, fugindo, quem sabe, às vítimas que reencontrara além, expulso, enxotado talvez pela própria Lucinda. Quatro **padioleiros** acabavam de tentar transferir Knut para a padiola posta no chão, ao longo das **sarracênias flavas** e das **nepentáceas**, mas tinham roçado sem vê-lo, tinham se esfregado, sem sabê-lo **mirmecófilo**, no **tachiseiro**, no **novateiro**, assanhando um **fulvo** batalhão de formigas que recobriam também a eles, como ao cadáver, e se o cadáver não reagia, eles, em compensação, os padioleiros, batiam com as palmas da mão no pescoço, na nuca, nas coxas, e sapateavam, sentindo o ferrão das formigas nos tornozelos, na barriga da perna, caminho dos joelhos.

> *Exumado* é desenterrado, tirado da sepultura.
>
> *Padioleiros* são os que carregam uma padiola, cama de lona na qual se transportam doentes ou feridos.
>
> *Sarracênias flavas* são ervas que se alimentam de insetos.
>
> *Nepentáceas* são plantas que se alimentam de insetos.
>
> *Mirmecófilo* é o que vive com as formigas.
>
> *Tachiseiro* e *novateiro* são árvores de tronco oco, cujo interior abriga formigas.
>
> *Fulvo* é amarelo tostado, alourado.

"Ite, ide", pensou Quinho que — reverente mas sobretudo alegre diante daquele inimigo que lhe era, antes do combate, ofertado numa salva, diante de tão **deleitoso** cadáver — protelou, adiou a própria curiosidade de saber como morrera Palhano-Knut, já que o fato **insigne** daquele passamento era sua conveniência, seu a propósito, os sinos dobrando a finados com tamanha pontualidade e justeza harmônica, que Quinho evocou, quase com ligeira afeição, o amor que nutria pela música uma parte, pelo menos, do finado, a parte Juvenal Palhano.

> *Deleitoso* é agradável, prazeroso.
>
> *Insigne* é notável, célebre.

Antonio Callado

Quinho encheu de ar os pulmões, como era seu costume, mas sem aflição e sim, ao contrário, como se levasse sopro a um festivo balão de **insopitável** júbilo, os gomos cada vez mais esticados e coloridos. Acercou-se de Knut, mirou-o bem na cara já meio enegrecida, feito cinza num pires, e olhou depois, em volta, Malvina, Cravina, Iriarte, Jupira e as pessoas gradas, como o secretário Trancoso, olhou depois os padioleiros, que tentavam de novo embarcar o morto na maca, mas ainda sapateando, para afugentar as formigas, e então, no compasso dos padioleiros, apesar de começar lento, encabulado, não agüentou nos tornozelos as formigas nem, nas entranhas, o balão que ameaçava subir com ele para os céus — e, batendo forte com os pés, riu.

Insopitável é incontível, impossível de dominar.

Isto — a **bulha**, o ruído que dele próprio vinham — o impediu de ouvir o tema, o motivo musical, o rangido de couros de Dianuel que se aproximava, que levantava pelo cano a coronha do 45, e, exagerando muito na força do braço, lhe fendia a cabeça e lhe enfiava o capuz, isto é, impunha-lhe, num cone de escuro pano, a escuridão do cinema, onde Quinho ainda teve tempo de ver o copo que afinal se estilhaçava no chão. E desta vez ele guardou para sempre, na sua, sem soltá-la, a mão de Lucinda, e guardou ela própria, toda ela, Lucinda perene, perpétua, imortal, sempreviva.

Bulha é o mesmo que barulho.

A Expedição Montaigne

Romance de 1982, *A Expedição Montaigne* narra a história do jornalista Vicentino Beirão, que viaja pelo Xingu com o índio camaiurá tuberculoso Ipavu (ou Paiap), tirado do reformatório ou presídio de Crenaque, numa expedição denominada "Montaigne". O objetivo do jornalista é levantar uma guerrilha de índios contra o colonialismo dos brancos. A expedição lembra um Quixote e Sancho Pança brasileiros, descendentes de Macunaíma. Ipavu tem um projeto próprio: encontrar Uiruçu, um gavião-real guardado numa gaiola em sua aldeia natal. Somente isso o ligava à famosa expedição. Uiruçu era a única razão para participar desta empreitada.

Capítulo XIII

— Eu não troco minha nota de mil nem pra comprar **aralém** pra Maivotsinim, o dos gravetos de espinho, se ele tivesse a idéia de pegar a febre e me pedir o remédio. Pra você, negativo, Vicentino, que você deixou, a partir de agora, de ser meu pai, está avisado.

> *Aralém* é remédio usado no tratamento da malária.

O que eu posso fazer por você quando a gente chegar no tal povoado, cidade, posto indígena ou aldeia de índio é voltar à minha profissão do Crenaque e roubar, roubar teu aralém, nossa cachaça e nosso **charque**, a rapadura e algum ovo duro que apareça, ou tijolo de buriti, se não tiver goiabada em lata.

> *Charque* é o mesmo que carne-seca.

— Roubar? Roubar? — perguntou Vicentino Beirão, tremendo de febre e do que parecia ser um acesso, igualmente, de revolta.

— Bem, afanar, se você prefere, transferir de proprietário, como dizia seu Vivaldo, tomar emprestado.

— Roubar? — chocalhou Vicentino Beirão — que verbo é este, que vocábulo, que medonha disfunção de palavra é esta, Ipavu, que te leva a falar em roubo quando tudo nesta terra é, ou devia ser, teu, dos teus, dos índios, dos **silvícolas** e **aborígines**, dos habitantes **autóctones** da terra? Roubar no teu caso, no caso dos teus, dos índios, sejam eles **jê**, **aruak**, **caribe** ou **tupi** de língua, é levar à recuperação do **espólio** o espoliado, é restituir a herança ao órfão, ele, sim, roubado, é restituir ao menor, ao **tutelado**, aquilo que o tutor desviou, para seu uso e gozo e...

— Pode ou não pode, ô cara?

Podia, e, na sua nova organização de poder, a Expedição Montaigne passou, sem que nada fosse dito, à direção geral de Ipavu, que, como ladrão de galinha e gado, batedor de carteira, **punguista** e **ventanista** era o novo provedor, o *pater familias*, que entrava em rápida atividade quando, e agora era quase sempre, Vicentino Beirão falhava em seus objetivos por meio da **exortação** e da **prédica**. Bastava aparecer um vilarejo qualquer, um agrupamento, em torno do barracão de mercadoria, de uns três seringueiros, ou castanheiros, três pau-roseiros ou **juteiros** ou pimenteiros que o Beirão começava sua prática e sermão:

— Por minha culpa, nossa culpa, nossa máxima culpa, Ipavu, selvagem-

---

Silvícolas são os que nascem ou vivem nas selvas, selvagens.

Aborígines e *autóctones* são habitantes oriundos de terra onde se encontram, nativos.

Jê, *aruak*, *caribe* e *tupi* são línguas indígenas.

Espólio: bens que alguém deixou ao morrer.

Tutelado é quem está sob tutela. Por ser menor de idade, alguém administra seus bens, o protege e o representa na vida civil.

Punguista é quem furta, batedor de carteiras.

Ventanista é ladrão que entra pela janela.

Pater familias é pai de família, em latim.

Exortação é conselho, advertência.

Prédica é discurso.

Juteiros são os vendedores de juta, planta da qual se extrai fibra usada na preparação de tecidos grosseiros.

padrão, índio típico, é hoje um índio **tísico**, que, ao se sentir incompleto, por nós rachado em dois, triângulo de dois ângulos, soneto de 13 versos, resolveu levantar todos os seus irmãos, também vítimas de nós, de nossa cupidez **soez**, e, para chefiar o motim, a guerra, pede dinheiro, pede auxílio, pede comida, bebida e aralém.

> *Tísico* é tuberculoso.
>
> *Soez* é ordinária, desprezível.

Dinheiro daquela gente era escasso, isso Ipavu, ou qualquer um, podia ver, que todo aquele pessoal era ainda meio índio, nascido pra servir branco, que é dono do dinheiro como rio grande é dono do riacho, que paga dinheiro aos camaradas em torno sabendo que eles só podem gastar o dinheiro no barracão, que é do dono do dinheiro, como o rio é dono das águas menores, que desembocam todas nele, engordando ele. Toda a vida que ele tinha visto ao redor de um barracão fazia Ipavu desconfiar — vendo branco tão parecido com o Xingu no Morená, onde o Culuene, que é rio camaiurá, o **Curisevo**, o Batovi, todos os rios, não escapavam, entram no Xingu, carregando além das águas deles mesmos pro Xingu, falava o pajé, as almas dos homens também, pra triagem e lavagem de Maivotsinim — que os brancos deviam ter gente especial, criada pra meter medo à natureza e fazer ela revelar segredos, gente como a da PM de **Carmésia**. Olha só como eles tinham aprendido com os rios o negócio do barracão, olha só como, sem dizer nada, sem nem mandar, o dinheiro dos cabras da borracha ou da juta entrava por um bolso de seringueiro ou juteiro e saía pro barracão pelo outro. O dono podia até pagar bem aos homens, se fosse do seu agrado, se valesse a pena, o que não valia, porque era tudo homem burro, quase índio ainda, mas o dono

> *Curisevo* é um dos afluentes do rio Xingu.

> *Carmésia*: cidade de Minas Gerais.

podia, se desse na telha dele, assim como podia chover muito no Culuene que a aguaria toda acabava mesmo era no Xingu. Vai daí que, sem dinheiro, aqueles riachos, quase poça de gente ofereciam farinhazinha do barracão, naco de rapadura, fumo de rolo, coisas assim, mas Vicentino, de porre, ficava **sobranceiro**, cheio de si, e dizia que se Ipavu era o último dos camiurá ele era o primeiro dos beirões, de uma tal Beira Alta, embora pelo menos um outro beirão tivesse sido tão ilustre quanto ele, o beirão que tinha inventado no século XIV a **bagaceira** que a família punha pra madurar em tonéis dos mesmos **carvalhos** que tinham semeado **d. Fernando, o Formoso**, e **dona Leonor Teles**, e de cuja madeira sairiam, além das pipas, as naus do vil descobrimento **cabralino**. Em matéria de comida, portanto, Ipavu e ele, sob pena de atraírem maldições ancestrais, só podiam aceitar comida fina, dizia, ainda que **silvana** e rústica, como — e Vicentino exemplificou um dia diante de seringueiros — **muçuã** e rabo de jacaré, uma anta tostada na brasa em espeto de pau de canela, acompanhada de arroz de **pequi**, regada a cerveja e adoçada, hora da sobremesa, enquanto o café coava, com compota de **bacuri** e bolo de aipim com mel de **jati**. Os ditos seringueiros, em número de quatro, eram pobres de dar enjôo a Ipavu, e até, contra as inclinações dele, pena, porque ele achava que branco mais pobre do que índio não estava com

---

Sobranceiro é orgulhoso, arrogante.

Bagaceira é a aguardente feita com o bagaço da uva.

Carvalhos: plural de carvalho, tipo de madeira.

D. Fernando, o Formoso (1345-1383): nono rei de Portugal. Casou-se secretamente com *d. Leonor Teles* (1350?-1386), faltando ao compromisso de desposar a filha do rei de Castela.

Cabralino: relativo a Pedro Álvares Cabral (1467?-1520?), navegante português descobridor do Brasil.

Silvana, isto é, típica de bosques ou selvas.

Muçuã é uma espécie de tartaruga pequena.

Pequi e *bacuri* são frutos.

Jati é uma espécie de abelha que produz pouco mel.

nada. Índio anda nu porque nunca nem bolou como se faz uma calça de **tergal**, uma camiseta do Mengo, mas pelo menos se enfeita, dia de festa, com pena de arara, de gavião **cutucurim** (...).

> *Tergal* é o nome comercial de um tecido.
>
> *Cutucurim* é uma ave.

Concerto carioca

Publicado em 1985, *Concerto carioca* trata de um conflito, que levará à morte, entre Xavier, um funcionário do Serviço de Proteção aos Índios, e o jovem indígena Jaci, que vive na Casa dos Expostos, na fundação Romão Duarte. Ressalta-se o caráter excepcional dos protagonistas, um protetor que mata aqueles que deveriam ser seus protegidos e um índio marginalizado pelos representantes de sua própria comunidade, vivendo num contexto urbano. Neste trecho, d. Carlotinha perturba-se quando encontra sinais da passagem de Jaci. Ao sair de casa, uma multidão na lagoa Rodrigo de Freitas chama a sua atenção. Aproxima-se e vê, horrorizada, o corpo de Jaci. Enquanto isso, no velório de Basílio, seu Xavier precisa de cautela e astúcia para explicar as presenças e ausências de Jaci e ocultar o que só ele sabia neste momento.

Capítulo 39

Só tarde da noite é que a chuva abrandou e que, apesar do ronco quase impertinente, **fanfarrão**, do rio dos Macacos, dona Carlotinha conseguiu dormir um pouco, se era justo dar o nome de sono, chamar de dormir os breves momentos de esquecimento que tinha conseguido entre tanta reviravolta na cama e tantos e tantos objetos de sonho piscando, fosforescentes, e logo depois sumindo na cabeça dela, como se houvesse dentro dela uma televisão nítida mas incapaz de segurar a imagem firme, enquadrada. Carlotinha não podia negar que uma imagem, pelo menos, era constante, a saber, a da enferrujada chave que Jaci tinha deixado, e que, nessa tal televisão que parecia embutida por trás da testa dela, ou por dentro da insônia dela, saía de repente, de novo nova em folha, luzindo

Fanfarrão é o que se diz valente, poderoso, sem o ser.

que nem ouro, de dentro do papel cinza de embrulho do pão. Por que é que o Jaci, em vez de deixar um bilhete com um endereço, um telefone, um recado qualquer em que desse um até-amanhã, até-já, até-logo havia de deixar só um sinal de que tinha aparecido e se desmanchado um minuto depois, igualzinho ao que tinha acontecido a noite inteira no pisca-pisca de sonhos da minissérie sem pé nem cabeça que ia rolando no maldormir dela? A confusão acabava sempre, e, por um momento, se fixava numa chave, uma chave enferrujada, que não parecia destinada a abrir coisa nenhuma, nenhuma porta, nenhum cofre, mas que certamente abria o coração dela, botando inquietação lá dentro.

De primeiro — recapitulou dona Carlotinha, logo que a chuva **amainou** — ela, ao chegar em casa e ver que o Jaci tinha provado do pão e largado a chave na janela, feito quem deixa uma moeda, uma paga pelo pão, tinha entendido que podia ser isso mesmo, pura troça e brincadeira de cabra-cega, chicote-queimado, do Jaci, que era capaz de ter pegado no sono num canto abrigado da chuva, ou até entrado na casa, quem sabe o que pode fazer um menino de tanta lindeza e malícia, malandro bastante para estar embaixo da cama dela — ai, que bom seria! — e Carlotinha resolveu dar, na casa e arredores, uma busca esperançosa e enérgica. Vai ver — foi pensando enquanto catava Jaci — que a briga entre aquelas doidas que são as Helenas e a irmã Cordulina foi de rachar, e o Jaci resolveu se mudar pra cá, pelo menos por um tempo, e nisso Carlotinha gostaria mesmo de acreditar, porque há muito tempo não atravessava o caminho dela um rapaz tão ao gosto dela. No entanto, por mais que procurasse e chamasse Jaci por todos os cantos e até mesmo — encharcando-se por fora mas afogueada por dentro com a idéia de achar Jaci — no quintal, detrás das árvores, na beira do rio, não só não encontrou o que procurava como ainda, o que só fez au-

> Amainou é abrandou.

mentar sua perturbação, deixou igualmente de encontrar, na sua gruta, no seu ninho de sempre, a senhora do Rosário. Ainda chegou a tempo de salvar o s. Jorge, que, arrancado à gruta pelas águas do rio, continuava lá, como obstinado guerreiro que era, chafurdando na lama, cara e corpo enterrados no barro mole, mas com a garupa do cavalo branco ainda à mostra. Quase perdia o santo também, pensou Carlotinha, pois a correnteza continuava engrossando e roendo o massapê das margens, mas quanto à Nossa Senhora, nem traço dela restava, e, depois de um momento de grande aflição e de muito se benzer — ajoelhada na lama e apertando contra o peito, sujos, santo, cavalo, lança e até o humilhado dragão — entendeu Carlotinha que a senhora do Rosário devia saber o que fazia descendo o rio, certamente no encalço de Jaci e para proteção e guarda dele.

Massapê é solo de argila.

Mal o primeiro aviso do raiar do dia apareceu no céu, cinzento ainda feito papel de pão, dona Carlotinha saiu para onde era capaz de jurar que o Jaci tinha ido, a casa da vila, que inimigos dele rondavam dia e noite mas onde moravam os amores dele, e onde ele talvez estivesse precisando de ajuda: quem sabe se ele, suspirou Carlotinha, não aceitaria morar um tempo com ela, perto, afinal, da casa da vila, **teúdo e manteúdo**, enquanto aguardava, ele, que o tempo passasse, e ela que o tempo perdurasse, ficando, o mais tempo possível, parado? No momento de maior alvoroço e energia matinal, enquanto bebia café forte e comia um pedaço do pão que Jaci tinha tocado com as mãos, Carlotinha chegou mesmo a se perguntar — o corpo de repente plenamente acordado, cheio de desejos — se não era isso que o Jaci tinha querido propor e insinuar, deixando a chave como assinatura e o papel de pão feito papel almaço, de

Teúdo e manteúdo: conservado e sustentado.

requerimento, pedindo **deferimento** à precisão dele de cama e comida? Carlotinha foi descendo ligeira a rua Pacheco Leão, e, lá embaixo, ao chegar à esquina da rua Jardim Botânico, viu adiante, na beira da lagoa Rodrigo de Freitas, um ajuntamento de povo. Ela não se lembrava de, na sua vida inteira, ter jamais resistido à necessidade de verificar a razão e causa de qualquer agrupamento de pessoas, por mais que a verificação tirasse ela do caminho, do horário, da obrigação que tivesse a cumprir. Ora, um ajuntamento como aquele, na beira da Lagoa, num dia assim — de santo e dragão, o bem e o mal, abraçados na lama, e da Virgem que, partida em viagem, era capaz de, andando sobre as águas, estar atraindo povo à Lagoa —, dona Carlotinha viu logo que *a* obrigação que tinha a cumprir era dar sua presença a testemunho, era desembaraçar e deslindar, e foi se aproximando das águas.

> *Deferimento* é permissão, aprovação.

Quando chegou bem na beiradinha e no meio do bolo de gente, dona Carlotinha viu — no centro do espelho d'água, escuro como prata que há muito não se limpa, e debaixo dum céu de chumbo, varado de tempos em tempos por um sol sem força, ou que não queria clarear o que via — o barco fino, de regata, que, tripulado por quatro remadores, era, naquele preciso momento, travado em sua trilha esguia e certeira pelas próprias pás dos remos, para que parasse ao pé de um fardo, um vulto, um corpo que boiava.

Jacqueline não precisou, ao chegar ao velório, indagar de ninguém se Jaci estava lá, se tinha estado, ou mesmo se alguma notícia positiva, acerca dele, havia chegado à casa transformada em câmara ardente: ela sentiu, mal transposto o limiar da porta, a ausência de Jaci, a falta de qualquer sinal de vida dado por Jaci, na quase palpável fome e carência de Jaci estampadas no rosto de Bárbara, que, vendo ela, veio em linha reta ao seu encontro, ela sim, pensou Jacqueline, ardente, ardente de vida, dos apetites da vida. Para desânimo seu, já que vinha angustiada, amedrontada por não saber de Jaci, Jacqueline tratou, não sem certa irritação pelo esforço que custava a ela, de disfarçar, limpar do rosto — feito uma atriz cansada e gasta, pensou, ou um palhaço velho, emendou, lavando a cara no camarim ao sair de cena — a aflição que roía ela, diferente de origem mas pelo menos tão grande quanto a que sentia em Bárbara. Mesmo assim teve um remorso absurdo, ou exagerado, ao ver no rosto de Bárbara aquele susto, aquele medo pânico ao constatar que ela, Jacqueline, não trazia Jaci: o remorso de não ter cometido a imprudência de, ao reencontrar Jaci, levar ele antes de mais nada ao encontro de Bárbara.

— Madrinha, madrinha — disse Bárbara —, onde está Jaci que eu não vejo há tantos dias, há tanto tempo, que a Lila me garantiu e jurou que com a madrinha ele vinha, para me dar a única alegria de um dia feito o de hoje? Eu fiquei tão feliz quando soube que ele estava bem, que estava com a madrinha dele e que vinha cá para me consolar, para consolar o Naé. Quedê ele, madrinha, quedê o Jaci, que não está aqui, que pelo jeito não vem?

— Ele vem, ele vem — disse Jacqueline —, deve estar chegando a qualquer momento, mas aconteceu que ele... saiu um pouco antes de mim, porque eu estava, no momento, repousando, e ele... a Cordulina, sabe, que trabalha lá conosco, ela esteve com o Jaci, enquanto eu descansava, e me disse que ele vinha, ele vem, sem falta, para cá, mas antes...

— Como "vem" para cá, madrinha, se ele saiu antes de você e ainda não chegou, e além disso a que lugar havia o Jaci de ir "antes" de vir aqui me ver, antes de ver o Naé? Ah, madrinha, por favor, madrinha!

Mitigado ou abrandado, amansado.

O primeiro choque de Jacqueline com a aflição de Bárbara foi **mitigado** pelo acesso de choro, parece que o primeiro, que o velho Elpídio tinha com a morte do filho e que coincidiu com a chegada de uma mocinha que Jacqueline não conhecia, arruivada e sardenta, que amparou carinhosamente o velho, que tinha começado, numa crise de nervos, a soluçar no ombro dela, o que trouxe a avó, Emília, para perto dos dois, e Naé também, que por sua vez chamou Bárbara. Discreta, aproveitando a confusão e comoção, Jacqueline se aproximou de Lila, mas juntou as mãos como se fosse rezar, como se fosse implorar alguma coisa de Lila, ao ver também na cara dela o espanto de comprovar que ela vinha só.

— Não me pergunte por ele, pelo Jaci, pelo amor de Deus, porque ninguém está, mais do que eu, desesperada de não encontrar o Jaci *aqui*, nesta casa para onde sem dúvida ele veio e onde naturalmente devia estar, há muito tempo, onde devia ter chegado muito antes de mim. Não sei, não entendo, e tinha pensado em falar logo francamente com o Xavier, apesar do que você tinha dito, que ele não estava freqüentando a casa, que não viria cá, normalmente, mas eu achei que numa ocasião assim, num dia como este, de morte, estaria talvez aqui, pensei, com alguma notícia sobre Jaci, boa ou má, vinda do Serviço, do Barreto, sei lá...

— Mas o Xavier *esteve* aqui — disse Lila —, ele veio, até me confortou, e me agradou ver que ele, diante da morte de Basílio, sem dúvida tinha esquecido desavenças, relevado brigas, perdoado suspeitas ou o que fosse para só pensar no amigo e ajudar a família, como ele fez, cuidando dos funerais e tudo. Depois saiu, aliás de repente, eu até ia perguntar para onde — e Lila olhou em torno — a Solange.

— Então — disse Jacqueline, sentando pesadamente, como se sentisse um súbito e mortal cansaço, numa das cadeiras do velório —, então ele estava aqui, esteve aqui, e depois também saiu, sem se despedir, sem dizer nada, sem avisar ninguém, sem que se soubesse, ou se saiba até agora, o que foi fazer, o que é que está fazendo?

— *Também?* — começou Lila surpreendida, vagamente temerosa, sem compreender e sem, talvez, querer compreender, apurar o sentido, mas **espicaçada**

Espicaçada é instigada.

a fazer perguntas e sobretudo a dizer a Jacqueline, com a maior convicção, que estava tudo bem e que não via o que pudesse querer ela dizer com *também, também saiu*, mas não chegou a prosseguir porque Bárbara se aproximava, depois de se desvencilhar do grupo, de que agora fazia parte Solange, todos procurando acalmar o avô, que ainda chorava inconsolável, nos braços da mocinha sardenta.

Jacqueline, diante de Bárbara, se levantou, vencendo a fadiga, como se devesse a Bárbara uma atenção especial, mas de pronto sentiu, ao contemplar as feições cada vez mais sombrias de Bárbara, seus olhos toldados, nublados, que, mesmo enquanto tinha se aproximado do avô, ela só pensava em Jaci, na ausência, difícil de explicar, de Jaci, e que agora desconfiava até mesmo, e principalmente, da solicitude, da espécie de compaixão que se exalava de Jacqueline e que tornava ela desconfiada, achando um exagero aquela pena, aquela exagerada delicadeza que, Bárbara parecia pensar, a gente tem diante de alguém que pode não saber ainda de alguma coisa mas vai sofrer quando souber, que não perde por esperar o pior que se avizinha, e que já condói os outros, os que sabem.

— E então, madrinha — disse Bárbara quase brusca, adoçando um pouco a aspereza da voz com aquele nome, tão da predileção de Jaci, tão querido dele, de "madrinha" —, onde está Jaci, o que é que aconteceu com ele? Não foi para dizer isso que você veio, não foi para contar, para me contar? Pois então conte logo, o que foi, diga, fale, vamos, madrinha.

O pior — pensava, acordado na cama, Xavier, olhando os dedos cinzentos da madrugada que se introduziam pela veneziana — é que em sã consciência, como se diz, ele não podia sequer alegar que tivesse errado em acreditar que existe um destino, formulado em claro desenho da autoria sabe-se lá de que deus ou que demônio: o pior é que, fosse esse ser quem fosse, um traço seu ficava visível, transparente, e era o de um orgulhoso, intratável ciúme dos quadros em que armava cada destino humano, exigindo, maníaco, meticuloso, que tudo se realizasse e concretizasse de acordo com o previsto, não só no atacado como no varejo, no miúdo. Fiscalizava gestos e ações feito um velho avarento que confere dívidas e prazos, pronto a, esganado e adunco, chamar a polícia à menor impontualidade do devedor faltoso ou simplesmente distraído.

Xavier sacudiu a cabeça, como se afugentasse um resto de sono, ou um fiapo de sonho, que insistisse, intrometido, em se agarrar à sua consciência desperta, diurna, e foi graças a um concentrado esforço mental que deixou de ver, carregado pelas águas, o corpanzil de Basílio, que só com muita dificuldade teria passado por baixo da ponte, da rua, para fora do Jardim: precisou, por assim dizer, recapitular, rever, recolocar Basílio no caixão para se tranqüilizar e continuar o raciocínio interrompido. Qual era mesmo? o que é que dizia a si próprio? sim, já se lembrava, não era a si mesmo que **apostrofava** e sim aos seres que não queriam compreender o escrúpulo com que ele tinha dado apenas pequenos retoques ao plano do seu destino e que, vingativos, tinham destruído o quadro do piquenique de pura raiva e despique.

Apostrofava: dirigia a palavra a alguém para perguntar alguma coisa, interpelava.

Ah — silvou Xavier tirando o lençol de cima do corpo suado e saltando da cama para abrir a veneziana, para andar duas, três vezes pelo quarto e de novo se deitar — o furo, o oco que ele nunca tinha notado na caixa do jogo de armar constituía, provavelmente, a piada, a **pilhéria** do mestre de

Pilhéria é o mesmo que piada.

Antonio Callado ∞ 145

obras, do criador, o furo pelo qual se esvaía o rio, o furo do muro do Jardim.

É claro que se o telefone que tocava fosse alguém informando que Basílio tinha sido encontrado, morto, no meio do lixo e do entulho do rio...

— Xavier? Aqui é o... Bernardo, quer dizer, o Naé, e o que eu queria, ligando para aí, a pedido da mãe, era saber se está tudo bem, se foi só esgotamento, cansaço, que fez você sair assim... de repente. Ela ficou, nós todos ficamos preocupados, mas como você já tinha feito tudo que havia a fazer para o enterro, achamos que, naturalmente, você tinha ido repousar.

Xavier ficou um instante parado, dizendo a si mesmo que era preciso astúcia, cautela, antes de responder de cara, antes de fixar bem na lembrança, em primeiro lugar, o instante em que tinha saído, em segundo lugar, a razão da sua retirada, e, finalmente, de que enterro falava exatamente o Naé, já que havia, na casa como no rio do Jardim, gente necessitada de enterro.

— Pois é — disse Xavier —, eu queria mesmo explicar a você, a sua mãe, a todos, que naquele momento, quando chovia forte, eu...

— Por favor, Xavier, você não tem nada a explicar, ora essa, e nem eu telefonei, a mando da mãe, para fazer perguntas descabidas e sim, apenas, para saber se você, exausto como devia estar, depois de muito que fez por papai, quer dizer, por nós todos, depois da morte dele, estava passando bem, você. Nós ficamos todos meio perdidos, como você deve ter visto e sentido, depois que a mãe encontrou... depois que o pai... bem, o fato é que você, não é mesmo, foi muito bacana, cuidando de tudo, se encarregando de tudo, e ela, a mãe, só pede — caso você esteja refeito, recuperado — que você esteja também ao nosso lado na hora do enterro, agora que o corpo do velho já foi para lá, para o S. João Batista, capela dois.

Ao chegar à capela dois Xavier, cabeça baixa, sem olhar para os lados, sem querer ver ninguém antes de ver o defunto, antes de conferir, de checar o cadáver, andou até a essa, o caixão, e só se satisfez ao verificar que, dentro dele, afundado nas mesmas flores, as mãos amarelas meio acorrentadas ao terço e cruzadas no peito, Basílio continuava a ocupar, como tinha feito em casa, o lugar do defunto, e que, pelo menos naquela capela, a de número dois, o funeral era de fato o dele, Basílio. Aliviado, desoprimido, Xavier **relanceou** os olhos à sua volta e deparou com Bárbara, que parecia longe dali, da capela, do enterro iminente, prestando uma enorme atenção ao que dizia a ela, a Jacqueline e Lila, uma mulata gorducha, de meia-idade, que trazia nos ombros, um tanto impróprio para a cerimônia, achou ele, um xale cor-de-rosa e verde. Quase por uma questão de hábito Xavier custou a despregar os olhos de Bárbara, mas, pela primeira vez desde o encontro com ela no Jardim, ou desde que, no firmamento dele, Bárbara tinha passado a ocupar a órbita de Solange, olhou para ela com uma espécie de resignada consciência de uma nova arrumação, ou de um regresso a arrumações anteriores. Voltou os olhos para Solange, que ocupava agora o posto que tinha sido dele no velório em casa, à cabeceira do caixão, e, humilde, tomado por uma sensação neutra mas confortável, postou-se aos pés do caixão, à espera do instante em que, fechado Basílio dentro, ele, segurando uma das alças, teria a mais absoluta certeza de estar levando à cova o morto certo.

Relanceou: olhou rápido.

Era forte crença de dona Carlotinha que o meio melhor que havia de afugentar **mau agouro**, pressentimento e até **mandinga** era a gente se imaginar contando mais tarde, adiante no tempo, que

Mau agouro é intuição de coisa má.

Mandinga é bruxaria.

tinha temido o pior à toa, porque o pior simplesmente não tinha acontecido. Por isso foi dizendo a si mesma, firme, com jeito de quem não tem medo de cara feia, coisa-feita, mau-olhado: "Se o corpo não for o do Jaci, eu vou dizer, quando contar o caso depois, que cheguei à Lagoa com a cabeça tão cheia de bobagem, vai ver que só porque dormi mal de noite, que bastou eu enxergar de longe uns desocupados espiando um bote do clube de regatas perto dum vulto que boiava, para eu achar, sem mais nem menos, que era um afogado, que era de gente o corpo que boiava e que só podia ser o corpo de Jaci. Mas logo depois vi, com esses olhos que a terra há de comer, que se tratava de nada, quer dizer, que era só um peixe graúdo que a ressaca e o aguaceiro tinham trazido pelo canal do Jardim de Alá até a Lagoa, um boto, ou até, diziam outros, um cação." E dona Carlotinha falou e repetiu a si mesma que tinha, assim, desarmado o azar e podia esperar tranqüilamente enquanto o barco, fino feito uma flecha, parava ao lado do corpo, que flutuava na água escura, debaixo do céu de chumbo.

Dois dos remadores fizeram deslizar nas águas o corpo, que puxaram pelos ombros, e ergueram — um corpo de gente, como qualquer um podia comprovar agora, mesmo a distância, mesmo olhando da praia — e entregaram ele ao patrão do barco, que pegou o afogado nos braços e deitou ele em cima dos joelhos. Veio devagar o barco — a **iole** como diziam, ao lado de Carlotinha, os populares mais entendidos, iole a quatro —, tão devagar que Carlotinha teve a impressão de que agora, com o corpo a bordo, o patrão devia estar dizendo aos rapazes que usassem os remos com delicadeza, mais feito mãos que pedem uma ajuda do que feito pás de cavar água para colher força, porque, como eles podiam ver, não estavam mais treinando para ganhar uma prova, uma corrida, tendo sido, de urgência, chamados para uma regata sem adversário, sem bandeirolas, sem

Iole é uma canoa estreita, leve e rápida.

meta, e só cabia a eles obedecer, remar, remar com leveza, mais acariciando do que ferindo a pele da Lagoa. Acompanhado apenas, além do povo amontoado na praia, por umas três ou quatros garças — pousadas numa rocha as garças esticavam o pescoço, como se quisessem ver quem ia a bordo, atravessado no colo do patrão — o barco finalmente recolheu os remos e embicou na praia. Os rapazes saltaram e seguraram, pés dentro d'água, o barco, enquanto o patrão saía, lento, com seu fardo, para, abrindo caminho no meio do povo, depositar na areia aos pés dela — pelo menos foi o que achou dona Carlotinha — o corpo inanimado de Jaci.

Memórias de Aldenham House

> *Aldenham House*: sede do serviço latino-americano da BBC.

· · · · · · · · ·

Último romance de Antonio Callado, *Memórias de Aldenham House*, publicado em 1989, constitui um mergulho no cenário político dos anos 1940. Durante a Segunda Guerra Mundial, dois refugiados políticos, um brasileiro e um paraguaio, viajam a Londres para fugir das ditaduras de seus países. Vão trabalhar em Aldenham House, sede do Serviço Latino-Americano da BBC. De início agressivo e insolente, Facundo, condecorado como herói da Guerra do Chaco, não consegue dialogar com seus colegas, mas acaba iniciando uma amizade com o brasileiro Perseu. Facundo será o centro do conflito por sua visão da Inglaterra como eterna colonizadora.

· ·

Parte 2

O outono da chegada virou inverno sem que os frutos da terra tenham virado conserva e compota: este pensamento, que saiu da cabeça assim, sem tirar nem pôr, pelo menos fez Isobel sorrir, o que não lhe ocorria há dias. A imagem dos vidros de conserva era uma recordação da despensa de sua casa nos seus dias de menina, a despensa em que, quando o inverno impedia correrias pelas campinas **hirtas** de frio, ela de certa forma continuava a conviver com o verão e o outono passados diante daqueles frascos transparentes, com suas tampas de vidro grosso, onde tinham ficado, dormindo em **salmoura** ou calda, pepinos e aspargos, maçãs e cerejas.

> *Hirtas* ou imóveis.
>
> *Salmoura* é a água com sal usada para conservar carnes, peixes, azeitonas etc.

Tinham chegado a Aldenham House ainda no outono e se o percurso, na caminhonete da BBC, de Edgware a Aldenham House, já tinha representado para ela um reencontro com o campo inglês, a entrada nos portões de Aldenham House tinha mergulhado o próprio Facundo num quase devaneio, interrompido por significativos movimentos de afirmação com a cabeça, como se ele estivesse à beira de dar parabéns a Isobel pelo que via da janela. Moura Page, pela parte que lhe tocava, parecia fazer questão de manter sob controle sua tagarelice, e, em voz baixa e frases breves, como algum discreto guia de catedral, se limitava a indicar de vez em quando algo que o homem houvesse feito para merecer, ou complementar, aquela paisagem de um chão ainda gramado de verde, sombreado de altos **olmeiros**, cortado de **sebes** de **madressilva** e **azaléia**. O grande bosque à direita se chamava Boreham Wood, dizia em voz contida Moura Page, e o Bernardo Villa, do radioteatro, autor do *Quixote* famoso, tinha adaptado o nome: Bosque del Jamón Aburrido, do presunto aborrecido. E — continuava — aquele arroio, que vai faiscando no leito de **seixos**, dá a volta por trás de Aldenham House e em seguida é represado num belo lago bem escavado, de margens escoradas em rochas, para servir de piscina nos tempos de verão. Dois tenistas se enfrentavam, sem maior empenho, numa quadra que ficava tão perto da casa (até agora invisível) que, quando ainda acompanhava a jogada alta e preguiçosa do tenista mais distante, Isobel teve sua visão da bola, no espaço, cortada de chofre, pois uma derradeira e suave curva do caminho, curva que parecia desenhada para anular tudo ao redor, só descortinava, ao fundo, Aldenham House, uma sólida casa de dois andares, com seu perfil de chaminés contra o céu, seu vasto telhado em rampa até as colunas do pórtico. A cada lado do telhado, dois **torreões** encimados por telheiros pontudos de duas águas, e, mais alta que eles,

> *Olmeiros* são árvores próprias da Europa.
>
> *Sebes* são cercas de arbustos.
>
> *Madressilva* é uma planta trepadeira.
>
> *Azaléia* é um tipo de arbusto com belas flores.
>
> *Seixos* são fragmentos de rocha, pedras soltas.

> *Torreões* são torres no alto de um edifício.

à esquerda, uma torre, quase um campanário, de onde subia a longa flecha de ferro em que se empoleirava, dourado, um galo-cata-vento. Moura Page murmurou uns nomes de arquitetos, que ele achava, sem maiores certezas, que tivessem sido os autores do risco da casa, e Isobel prestava vagamente atenção, quando, como se tivesse sido advertida por alguém, se voltou para Facundo, que não dizia nada desde que Aldenham House tinha tomado conta do campo geral de visão. Viu logo que, por algum motivo, Facundo tinha se ensombrecido, tinha perdido aquele seu ar de há pouco, de quem, a começar pelas árvores e as águas, parecia inclinado a aprovar tudo mais em torno.

A verdade é que, a partir do momento em que Aldenham House tinha surgido, teatral, diante do amplo pára-brisa da caminhonete, uma espécie de feroz antipatia, de incompatibilidade irremediável se fundava entre a casa vitoriana e o exilado paraguaio. Era isso que se dizia, agora, Isobel, no pequeno apartamento em que residia o casal Rodríguez, bairro de Belsize Park, a meio caminho entre Edgware e Londres, ou, em termos de trabalho, entre Aldenham House, com seus amplos escritórios e estúdios de gravação, e a pequena redação do jornal *A Voz de Londres*. A prevenção, ou aversão pessoal, quase física, de Facundo pelo casarão, tinha de imediato criado para Isobel um problema, ou vários problemas. Ela sequer voltava a pensar, ou a se debruçar, sobre seu desapontamento diante da inimizade declarada entre Facundo e casa, quando ela própria, para falar a pura e simples verdade, tinha sentido, ao chegar, o maior entusiasmo não só pelo local, pelo parque, como, sem a menor dúvida, e talvez mais ainda, pela casa. Agora, como sempre leal a Facundo, havia, digamos assim, esfriado em sua relação com a casa, embora não fosse negar que, se sozinha estivesse, de bom grado se haveria instalado à sombra de Aldenham House, num dos apartamentos que a BBC tinha mobilizado bem pertinho, em Elstree e em Edgware: quem por ali morava podia dizer que vivia, comia, trabalhava e folgava no casarão, nos jardins, no parque. A penosa procura de outro tipo de apartamento, distante e mais caro, como o de Belsize Park, já era fruto do desejo de Facundo de não virar, como dizia, um apêndice daquela casa tenebrosa, mal-assombrada. Aliás, lembrava Isobel, no exato momento em que, ao chegarem, entravam em Aldenham House, Facundo tinha perguntado, sério, a Moura Page:

— Quedê o cadáver?

Moura Page, parado, quase boquiaberto, achava que não tinha entendido bem, ouvido direito, e Isobel, sorrindo e **impelindo** o grupo para dentro, tinha explicado, em tom ligeiro, que Facundo achava que mansões inglesas lembravam romances policiais, e se divertia fazendo perguntas assim, um tanto embaraçosas.

> Impelindo ou levando, fazendo mover.

O fato é que não só tinham ido parar, do ponto de vista residencial, em Belsize Park, como, quando estava de serviço em Aldenham House, Facundo se enfurnava, tentando escapar à casa, na biblioteca, não na parte ocupada com livros e discos da BBC, mas na parte isolada do que tinha sido a biblioteca da família. Escondido ali, folheando velhos livros ou bisbilhotando papéis, Facundo às vezes voltava ao encontro de Isobel dando risadas e lendo, em voz alta, medonhos trechos de *O monge* ou da peça *Curiosidade fatal*.

— Ainda hei de desmascarar esta casa — tinha ele dito —, mas preferia não ter que ficar dentro dela o tempo todo.

E foi assim que resolveu procurar Herbert Baker no escritório da *Voz de Londres*, em Portland Place 55, no pleno centro da urbe imperial, entre Oxford Circus e os roseirais e os marrecos de Regent's Park.

Herbert Baker disse que já sabia de quem se tratava, quando Facundo se apresentou a ele como "exilado paraguaio, companheiro de bordo de William Monygham", e Facundo sentiu que esse nome despertava real força afetiva no velho e curvo **dândi** que tinha diante de si, com seu terno antigo mas de bom corte, colarinho alto, relógio de corrente de ouro no colete, cravo branco na lapela.

> Dândi é o homem que se veste com elegância.

— William Monygham! — exclamou Herbert Baker. — Excelente pessoa. Estive com o Monygham, por um período breve, até na sua terra, *señor* Rodríguez. Aliás — acrescentou —, no Paraguai encerrei minha carreira como ministro conselheiro.

Herbert Baker parou um instante, olhando o vácuo diante de si, e prosseguiu:

— Nunca cheguei a embaixador de Sua Majestade.

Como ele se detivesse, em nova pausa, Facundo disse, para continuar a conversa:

— O Monygham é seu grande admirador.

— Culpa minha — disse o Baker.

— Como?

— Se não cheguei ao topo da carreira.

— Ah, sim.

— O mesmo pode acontecer ao Monygham, como não canso de dizer a ele. O Monygham não é diplomata, claro. Jamais poderia chegar a embaixador, conclui-se. Mas eu me refiro às... áreas, digamos, às zonas em que se pode atuar. Importa pouco, *señor* Rodríguez, a carreira escolhida, mas o topo é muito desejável. Acho que o Monygham, a despeito de sua grande inteligência, anda meio... distraído. Ele me telefonou, ao desembarcar do... como se chama?

— O *Pardo*.

— Isso. Falou na excelente viagem, falou a seu respeito, a respeito do bom capitão, que é capaz de ser torpedeado um dia desses, e me falou nos planos que tem aqui e para o estágio que pretende fazer em Londres, acho.

Facundo se divertiu mentalmente lembrando as dúvidas de Isobel e do capitão sobre Monygham, mas falou sério, sem toques irônicos:

— Creio que ele depende inclusive de uma operação, não?
— Operação?
— Sim. Cirúrgica.
— Ah, que cabeça a minha — disse Herbert Baker. — Esse é mesmo o objetivo maior da viagem dele, claro. Mas agora me diga: está se dando bem na BBC?

Detendo Facundo com um gesto da mão antes que pudesse vir a resposta, Herbert Baker chamou a secretária, que se sentava a um canto escuro da sala, e pediu chá. Facundo resumiu então, no mínimo possível de palavras, as razões de sua saída de Assunção, para poder se concentrar mais depressa, quando ambos já tomavam o chá, na razão da sua visita.

— Eu preferiria tanto — disse — vir trabalhar aqui em Londres, Mr. Baker, em lugar de ficar nos estúdios de Aldenham House.

— Bem, quem já começou aqui foi o outro companheiro seu do *Pardo*, o brasileiro, senhor Souza, Perseu de Souza (há um Blake no nome dele mas ele faz predominar o Souza, e gosto não se discute) porque me fazia falta um jornalista de língua portuguesa para *A Voz de Londres*. Mas da edição castelhana, isto é, de *La Voz de Londres*, cuido eu, *señor* Rodríguez.

— Sim, eu sabia que era essa a organização, mas achei que poderia talvez aliviar seus encargos, colaborando em *La Voz de Londres*, repetindo um pouco o que faz Perseu de Souza, que tem funções aqui e lá... lá no outro escritório.

Herbert Baker teve um sorriso quase imperceptível, antes de insistir:

— Lá? Aqui e lá?
— Lá em Aldenham House — disse Facundo.

— Olhe, não tiro sua esperança não. Aliás, eu gostaria mesmo de ampliar o jornal, quer dizer o jornal castelhano, *La Voz*. Afinal de contas o Brasil é grande mas é um país só, e, cá entre nós, meio paradão, sonolento, enquanto há vinte agitadas repúblicas falando espanhol. Acho, aliás, que consigo o que quero, acho que chego lá, que dou uma importância maior ao que estou fazendo eu próprio, aqui na BBC. De imediato, porém, não posso lhe prometer nada. Vamos aguardar. E, enquanto aguardamos, me conte: o que há de tão desagradável no ambiente de trabalho em Aldenham House?

Facundo Rodríguez respirou fundo, e, sem muito pensar, vendo diante dos olhos a massa de tijolo, os torreões, relógio e cata-vento, disparou:

— Não é ambiente, é Aldenham House, é a casa, a própria casa. Já andou pelo sótão, pelas **águas-furtadas**, o porão, inclusive pelas salas reservadas, *out of bounds*, como se diz por lá? É preciso pedir a chave a uma espécie de vigia, de chefe dos faxineiros, tal de Holt, Chris Holt. Ele não se diz mordomo, me explicou, porque mordomo serve a uma casa, uma família, como ele próprio já serviu, e Aldenham House, agora, é uma repartição, ou um clube popular, fundado sobretudo para congregar — e isolar, palavra dele — estrangeiros enquanto durar a guerra. Ma o Holt até gosta de emprestar as chaves, que destaca de um molho enorme pendurado ao cinto, e às vezes acompanha a gente, cômodo a cômodo, contando casos. A biblioteca é extremamente curiosa, atulhada de livros que, encadernados a capricho, tratam de quase nada, quer dizer, falam minuciosamente sobre comerciantes e lavradores da família residente, enriquecidos e enobrecidos, mas lá também existe uma preciosa coleção absolutamente típica de romances populares que vão retra-

Águas-furtadas são os espaços entre o telhado e o forro de uma casa.

Out of bounds, em inglês, fora dos limites.

tando o Império: **romances góticos**, os primeiros romances de mistério, e afinal a **pujança** vitoriana, refletida nas primeiras edições de **Conan Doyle**, que Aldenham House tem completo, inclusive o dos romances históricos. Em livros de **marroquim** vermelho e letras de ouro, com as armas do clã, a gente chega a praticamente à última aventura de **Sherlock**, *O vampiro de Sussex*, onde há uma dama peruana que chupa o sangue do filhinho. O Império aí já está completo, sua santa trindade nutrida e crescida para durar indefinidamente: Holmes, o bem, **Moriarty**, o mal, e o cúmplice passivo, a massa do povo inglês, **Watson**. O mal só aparece em *um* dos 56 contos e quatro romances, mas vive em todos, oculto.

> *Romances góticos* são aqueles que envolvem mistério e terror.
>
> *Pujança* é grandeza.
>
> *Arthur Conan Doyle* (1859-1930): escritor inglês.
>
> *Marroquim* é um tipo de couro.
>
> *Sherlock Holmes*, detetive amador, é o principal personagem dos romances de Conan Doyle.
>
> *Professor Moriarty*, personagem de Conan Doyle, é o maior inimigo do Sherlock Holmes.
>
> *Dr. Watson*, personagem de Conan Doyle, é o companheiro de aventuras de Sherlock Holmes.

Herbert Baker ficou sem dúvida interessado, e muito, com a repentina e concentrada loquacidade de Facundo Rodríguez, sua paixão anti-Aldenham e provavelmente anti-Britânia, tão interessado que comprimiu os lábios, empalideceu um pouco, afrouxou o nó da gravata, levando, mesmo, a secretária a se aproximar, a pretexto de carregar as xícaras.

— Deseja alguma coisa? — perguntou ela.

— Sim, desejo não ser interrompido. Continue, *señor* Rodríguez. Sou todo ouvidos. Aldenham House, portanto, a seu ver...

Facundo olhou para os lados — sem reparar que Mrs. Ware se afastara mas olhava para ele com um ar de censura — e sorriu, antes de prosseguir:

> Coligindo ou reunindo, juntando.
>
> Alexandre von Humboldt (1769-1859): naturalista alemão.

— Eu estou **coligindo**, nas entranhas de Aldenham House, dados para um programa delicioso, Mr. Baker. Sabe o que é que o grande **Alexandre von Humboldt** trouxe de mais precioso ao regressar de sua longa viagem à América do Sul?

— Bem, entre suas enormes coleções de botânica, de mineralogia, de...

— Sabe o que foi? Titica de pássaro marinho.

— Não vejo bem o elo, a...

— O elo é de ouro — disse Facundo —, mas me deixe terminar a pesquisa, para que reluza bem a, digamos assim, moral da história.

Herbert Baker ficou um instante assentindo com a cabeça, como se estivesse absorvendo e analisando o que acabava de ouvir, enquanto recompunha o nó da gravata no colarinho. Afinal falou, num meio suspiro:

— Imaginei, quando ouvi o nome de Humboldt, que ia ouvir o do outro sábio, companheiro dele de viagem, **Aimé Bonpland**, que ficou anos e anos imobilizado no Paraguai, prisioneiro do **dr. Francia**.

> Aimé Bonpland (1773-1858): médico e naturalista francês.
>
> Dr. Francia (1776-1840): ditador paraguaio, fundador do Paraguai independente.

— Bonpland transpôs a fronteira do Paraguai — disse Facundo —, o que era proibido. Tinha que ser preso. É fácil compreender a reação de Francia.

— Bolívar, se não me falha a memória, não compreendeu muito bem, não é verdade? Quase invadiu o Paraguai para libertar Bonpland, não?

Mas era Facundo Rodríguez, agora, quem dava sinais de surpresa, de desconcerto, depois de, contra seus hábitos, haver mergulhado sem maiores precauções numa conversa arriscada. Talvez por isso mesmo Herbert Baker sorria amável, mais à vontade, enquanto detinha Facundo, que se preparava para responder:

— Perdão — disse Herbert Baker —, eu lhe explico, eu lhe digo por que, numa associação de idéias, o nome de Humboldt me levou aonde levou. Eu fui informado do seu plano, *señor* Rodríguez, de criar uma grande representação dramática para celebrar o centenário de Francia, que, se não me engano, acaba de ocorrer, não é assim? Foi o que me fez pensar no pobre Bonpland. Sabe que a relação dele com Francia, a infinita paciência que ele teve que gerar em si mesmo para lidar com El Supremo, me lembra muito a relação de Jó com o Senhor?

Só nesse instante Facundo lembrou do Monygham descrevendo Herbert Baker como homem muito espirituoso mas de escassa tolerância, pouca paciência com o próximo, ou algo assim, e sentiu que sua própria tolerância, também pouco abundante, aconselhava um fim da conversa.

— São dois projetos totalmente distintos, inconfundíveis por sua própria natureza. Não me importa o tempo que eu deva consagrar ao estudo sobre José Gaspar Rodríguez Francia, e, uma vez terminado, ele só se transformaria em radioteatro se houvesse por parte da BBC o maior empenho e interesse e...

— Empenho e interesse não faltarão, é evidente. Figura histórica muito... original, a do Francia. O maior interesse, pode ter certeza.

— Sim — disse Facundo —, espero. Mas o que eu queria dizer, acentuar, é que jamais se cruzariam as linhas de um programa sobre Francia com algum outro, sobre...

— Sobre titica de **albatroz**. Nada a ver!

> Albatroz é uma ave.

— ...sobre Aldenham House. Mas vamos deixar a discussão para quando minhas pesquisas estiverem mais avançadas. Voltaremos a falar.

Quando Facundo Rodríguez chegou ao apartamento de Belsize Park, Isobel ficou preocupada com a expressão dele — expressão que não via há algum tempo e que era sempre a dele pouco antes de deixarem Assunção, os músculos da face contraídos, a mirada fixa — e imaginou, primeiro, que ele tivesse recebido más notícias de lá, do pai, da mãe, ou, quem sabe, dos companheiros do jornal, que continuavam a luta como podiam. Isobel resolveu falar em tom ligeiro, quase de afetuosa implicância:

— Que cara, **honey**! Parece que você acabou de ser interpelado, no meio da rua, por Aldenham House em figura de gente.

> *Honey*, em inglês, querido.

Facundo, resignado, deixou que um sorriso lhe desarmasse a carranca.

— Adivinhou, Isobel. Acabo de conhecer Herbert Baker.

Um olhar com paixão (cont.)

Agora que vocês já leram os textos desta seleta, posso desenvolver alguns aspectos de Antonio Callado e sua obra. No início deste livro, comecei a apontar certas características do intelectual que ele foi. Impressionado com os acontecimentos políticos de sua época, acreditava que o intelectual deveria participar da vida do país, pois cabe a ele expressar alguma coisa, não partidária mas comunicável. Sentiu a necessidade de transformar a sociedade brasileira e de continuar e refazer o debate em torno da nacionalidade. Em sua obra entram em cena os excluídos, os oprimidos — a condição do índio e do negro —, habitantes das margens que se tornam o centro.

Como escritor militante, engajado, contrário à alienação, expôs as feridas da desigualdade social, ao julgar que o cidadão não tem o direito de ignorar o que se passa ao seu redor. Outro traço importante é a releitura que Callado faz de certos temas recorrentes na literatura brasileira, que analisa sob novos pontos de vista, mostrando-nos que refletiu não apenas sobre a realidade de nosso país, mas sobre sua caracterização na literatura, nos encontros de tradição e ruptura. Vê sob outro aspecto o indianismo e o realismo, esvaziando o romance de certa carga acumulada durante séculos.

Para analisar melhor os romances de Antonio Callado, dividi-os em três momentos: o inicial, em que figuram *Assunção de Salviano* (1954) e *A madona de cedro* (1957), o intermediário, com *Quarup* (1967), que considero um divisor de águas, e o terceiro, na fase de maturidade do escritor, desdobrado em duas vertentes que refletem suas preocupações essenciais: as obras dedicadas ao índio e à crítica social. Ao mesmo tempo, abordarei as problemáticas do indianismo e do realismo tal como vêm-se apresentando na literatura brasileira e na obra de Callado, e o gênero policial, tão do seu gosto.

Formado num lar católico, persiste nítida a preocupação religiosa e uma interpretação pessoal da religiosidade em seus romances iniciais, *Assunção de Salviano* e *A madona de cedro*. Seus personagens vivem a fé como drama e agonia, chegando a crentes e incrédulos por igual. Esses romances não abordam o tema da fé, imaginando-a no leitor, como faria o escritor inglês Graham Greene, a quem foi comparado. O leitor que não comparte a fé ou a comparte com traumas ficaria excluído de seu mundo, o que deixa de suceder com Antonio Callado. O romance é, ainda, a epopéia de um golpe de agitação popular frustrado. Os personagens guardam um centro na religiosidade, como o padre Nando em *Quarup*, que, ao engajar-se na luta política e sacrificar-se pelo outro, não abandona sua religiosidade. Alceu Amoroso Lima, ao prefaciar *Assunção de Salviano* comenta que o protagonista é mártir e místico, nega a Deus para aceitá-lo "a fim de melhor realizar sua catequese revolucionária".

Em *A madona de cedro* várias tramas se superpõem e entra em cena o gênero policial, que retomará em obras posteriores. O livro foi transformado em filme, estrelado por Leila Diniz, e numa minissérie, dirigida por Tizuka Yamazaki.

Dessa fase transcendente Callado passou, transformado pela militância política, à preocupação social e à denúncia de problemas da realidade do país. Solidamente ancorado na paisagem brasileira, transposta da realidade para a literatura: o que se pode ouvir, ver, sentir e tocar. Mapeou a nação brasileira em obras que nos contam de suas inúmeras viagens, ele que foi o autor de algumas das mais notáveis reportagens sobre o Brasil. Se foram a matriz de muitos de seus textos, observamos que suas fontes de referência partem da experiência, de que se apropria criticamente, transpondo um problema religioso, moral ou político para o campo estético.

Em seus primeiros romances, interessa-lhe a trama propriamente dita, desenvolvida linearmente, para despertar o interesse do leitor. A técnica do gênero policial ajudou-o nesse sentido.

Quarup, título que se refere à cerimônia indígena que homenageia os mortos ilustres, é um mosaico da história do Brasil, de 1954 a 1964, e pode ser considerado um marco da literatura de Antonio Callado e, por que não dizer, da brasileira. Unindo uma técnica original à mensagem social, narra a trajetória do padre Nando, que se transforma no guerrilheiro Levindo, com o propósito de ajudar a revolução popular contra a ditadura. O funcionário Fontoura, do Serviço de Proteção ao Índio, ao negar-se à integração do índio na sociedade, ressalta as conseqüências discutíveis que a civilização brasileira provocou no mundo indígena. O indígena exaltado no romance *Quarup*, em consonância com as expectativas dos anos 1960, seria um modelo do homem novo que desejava uma alternativa de modernização buscada nas raízes rurais.

Romances neo-indigenistas

O indianismo foi a forma considerada mais característica da literatura nacional brasileira. A busca do específico, que serviu à dupla necessidade da lenda e da história, desaguou numa crescente utilização alegórica do aborígine. Reflete, ainda, profunda tendência popular, manifesta no folclore, de identificar o índio aos sentimentos nativistas.

Sob o patrocínio do imperador Pedro II, o indianismo foi um dos pilares do projeto da construção do Estado, o mais importante objeto de reflexão artística e política a exercitar a elite intelectual. A persistência da imagem romântica do índio na cultura burguesa da *belle époque* (época relativa aos primeiros anos do século XX) era tanta que, mesmo na segunda década do século XX, quando os intelectuais do modernismo procuraram romper com a tradição, eles declararam guerra ao mais famoso herói do imaginário, o índio Peri, personagem do romance *O guarani*, de José de Alencar. Após grande interesse pelo tema em fins do século XVIII, o indianismo tornou-se a expressão nacionalista dominante do romantismo e encontrou na exaltação do indígena um tema de fervor patriótico. O índio tornou-se parte integrante da ideologia iniciadora na formação de uma literatura nacional que buscava uma identidade genuinamente brasileira.

O romantismo mitificou e glorificou o índio, fazendo dele o protótipo do herói nacional. O indianismo dos românticos denota tendência para particularizar os grandes temas, as grandes atitudes de que se nutria a literatura ocidental, inserindo-se na realidade local, tratando-as como próprias de uma realidade brasileira. Preocupou-se em equipará-lo ao conquistador branco, português, que era privilegiado, realçando aspectos que pudessem fazê-lo ombrear-se com ele. Deste modo, como afirma Antonio Candido, o indianismo deu a uma nação de história curta a profundidade "passado mítico e lendário (...) mas como passado histórico à maneira da Idade Média". Assim, os românticos descobriram no indianismo um alimento mítico reclamado pela civilização do Império na adolescência do Brasil-nação. Com o término do romantismo, desaparece da literatura brasileira e só reaparece com o modernismo, por meio da corrente nacionalista dos anos 1920. Na Semana de Arte Moderna de 1922 são acentuados os aspectos autênticos da vida do índio, visto como primitivo, contraditório em relação à cultura européia; no Manifesto Antropofágico (1928) de Oswald de Andrade ele foi sugerido como emblema possível do país, em sua pureza perdida.

Entre o Descobrimento e o começo da República, a população indígena sofreu um processo de extermínio, passando de cinco milhões a cem mil. Este fato encontra-se em contradição com o lugar do índio na tradição do pensamento e de uma história de integração política, social e econômica. Há muitos grupos étnicos que desapareceram ou transformaram-se a fim de sobreviver. Nas últimas décadas do século XX, foram realizadas algumas pesquisas sobre a existência de grupos indígenas no Brasil. Entretanto, esses resultados não foram divulgados amplamente, de modo que contribuíssem para a formação de uma opinião pública junto ao povo brasileiro. Por esta razão, ao falarmos do índio, a idéia é logo associada a uma lembrança histórica, à idéia remota de um passado longínquo da sociedade brasileira.

O sertão, entretanto, tem-se constituído em categoria essencial para pensar a nação brasileira. Marcado pela baixa densidade populacional e, em alguns lugares, pela aridez de vegetação e do clima, assinala a fronteira entre dois mundos, o atrasado e o civilizado.

Por que estamos falando disso? Para lembrar que, no primeiro romance de Callado, *Assunção de Salviano*, o espaço geográfico é o do sertão do Nordeste. Ele incorporou-se ao pensamento sociobrasileiro em fins do século XIX, quando a geração de 1870, criticando o romantismo na literatura e nas artes, lembrou o sertão como princípio explicativo e identitário da nação em processo de constituição. Assim, na literatura romântica, observa-se a passagem do indianismo para o sertanismo. O romance regionalista veio assim mostrar as contradições e conflitos de um Brasil que se queria moderno, urbano e industrializado. Os autores regionalistas tinham uma preocupação sociológica e documental. Ligado à vertente realista, atingiu seu ponto mais alto com Guimarães Rosa, em *Grande sertão: veredas* (1956), sem esquecer *Os sertões* (1902), de Euclides da Cunha, leitura que fascinou Callado desde sua adolescência.

A Expedição Montaigne (1982), nova visão do mundo indígena — em memória da primeira contaminação branca do Xingu, feita em 1884 pelo naturalista Karl von den Steinen —, é a história de uma travessia. A de Ipavu e do jornalista Vicentino Beirão, que saem do extinto reformatório Crenaque em busca da aldeia camaiurá. São duas expedições que se contrapõem: em uma, Vicentino Beirão quer reeducar o país pela sublevação dos índios e reconstrução às avessas da história iniciada por Cabral. Ipavu quer apenas recuperar Uiruçu, o gavião-real, e voltar. Na união de Ipavu, do visionário Beirão e do pajé Icropé, que recusa a penicilina, derradeira e inócua tentativa de resistir à civilização, surge a identidade indígena.

Como paródia da visão romântica do índio, a expedição é liderada por um intelectual do asfalto, apresentado de modo caricatural. Não leva em conta o "breve intervalo de cinco séculos" que nos separa do início da colonização do Brasil, e portanto, marco inicial do extermínio das nações indígenas. As alusões a fatos e figuras históricas sucedem-se e são permeadas de citações de autores de todas as épocas, sem aspas. O autor ressalta que os processos de liberação de qualquer grupo marginalizado só terão êxito se originarem-se no próprio grupo.

Se quisermos comparar com a trajetória de Nando, em *Quarup*, verificaremos que enquanto ele descobriu uma nação plural, ao atravessar o centro geodésico do Brasil, Ipavu não tem ponto de chegada. Nando encarava o futuro, Ipavu é o herói banido de si mesmo.

Concerto carioca (1985) é o primeiro romance que desenvolve sua ação inteiramente no Rio de Janeiro. Construído com grande perícia narrativa, contrapõe o "bom selvagem" e a burocracia criada para assisti-lo. "O Jardim Botânico funciona como um resumo muito arrumadinho do Brasil de hoje. Nada mais diferente de uma floresta e ao mesmo tempo nada mais disposto a imitá-la que um Jardim Botânico", diz Callado que o considerava um espaço mágico.

Neste paraíso artificial, Callado inclui o índio Jaci, um rapaz deserdado do Araguaia, criado na Casa dos Expostos. Não posso deixar de citar, ainda que brevemente, outra releitura que Antonio Callado faz da literatura brasileira. A visão da morte, em *Concerto carioca*, transforma o paraíso e a esperança que o romantismo havia instituído. Se em *Quarup* o índio estava em seu próprio lugar, num universo impenetrável, em *Concerto carioca* é o índio que vem para a cidade colocar em xeque a civilização, como "elemento perturbador de nossa cultura", segundo Callado, atitude que reforça o que havia narrado em *A Expedição Montaigne*.

Os personagens são, além de Jaci, o sertanista Xavier, que não ama os índios, uma ex-missionária que virou dona de um motel, uma dona-de-casa que, na juventude, foi a paixão do sertanista e um casal de jovens. Neste romance urbano, em termos, já que atrás do Jardim Botânico está um horto florestal e atrás dele a floresta da Tijuca, o autor traz novos elementos, unindo o romance policial e o simbólico. Assim várias leituras podem ser propostas, nesse que considero irmão de outro romance, *Sempreviva* (1981), de grande riqueza de processos narrativos.

Se a literatura brasileira muito deveu e deve às vanguardas européias, a nossa produção intelectual mais original no século XX tem abrandado tal submissão estilística mediante a incorporação ao seu *corpus* de uma temática não marcada pelos requintes da civilização urbana do Ocidente. No romantismo, a interpretação deveria obedecer aos interesses maiores da formação de uma expressão nacional, numa revisão dos valores históricos integrados ao texto.

No nacionalismo de Antonio Callado, cabem a dessacralização dos mitos, como o do índio, a paródia e a mistura, muitas vezes unindo fatos e acontecimentos de modo indireto. Pode-se dizer que, com a Proclamação da República e o início da modernização do país, o Brasil tentou afirmar um Estado nacional. A criação de um novo conceito de arte, surgido na década de 1920, indicava o caminho para uma criação de cunho nacionalista e de vanguarda. O confronto com a tradição não se fez esperar na tentativa de construção de uma identidade nacional.

ROMANCES DE CRÍTICA SOCIAL

A geração a que pertence Antonio Callado viveu a época mais sombria da ditadura militar, os chamados "anos de chumbo".

Através da produção cultural dos anos 1960-70, que mostra um Brasil espoliado e subjugado, é possível efetuar um resgate de nossa história. Após a decretação do AI-5, que deflagrou o terror de Estado em dezembro de 1968, o governo militar instituiu uma rígida censura, adotando uma política de repressão e impedindo a pluralidade de rumos dos anos 1960, quando *Quarup* se apresenta como o momento culminante do romance político no Brasil.

De *Quarup* a *Sempreviva*, o mesmo tema, porém com um enfoque diferente. Em *Quarup*, um homem da Igreja em sua conscientização política vai construindo seu conhecimento sobre o Brasil, dentro de um painel da vida brasileira. Em *Bar Don Juan* (1971), um panorama da chamada "esquerda festiva", com a impaciência do revolucionário que quer chegar rápido demais aos resultados. Em *Sempreviva*, junto à extraordinária força da narrativa, uma memória repleta de sombras, ruídos e incertezas, a realidade transposta em metáforas e matizes, suspense e detalhes significativos, a história de justiça enraizada nos labirintos da vingança. Os anistiados encontram um Brasil indefinível, diferente do sonhado. O rascunho desse livro foi um conto, nunca publicado, em que os personagens começaram a ser esboçados.

Se em romances anteriores, *Quarup* e *Bar Don Juan*, a discussão do momento político era direta, quase feita no calor dos acontecimentos, em *Reflexos do baile* (1976), primeiro romance escrito em regime integral fora das redações de jornal — e o preferido do autor —, a matéria da realidade aparece de forma indireta, mediada por uma elaboração formal que continuaria em obras posteriores: *Sempreviva*, *A Expedição Montaigne*, *Concerto carioca*.

Nos anos 1970, o intelectual sente o impasse a que foi submetido e Antonio Callado apresenta em *Bar Don Juan* a desilusão com a sonhada possibilidade de transformação da sociedade brasileira; a falta, por parte dos revolucionários, de uma estratégia clara e unificada, devido a um idealismo amador; e a ausência de um processo revolucionário. As sombras do autoritarismo e suas marcas encontram-se bem visíveis, projetando-se na obra sob a forma da ditadura militar.

No contexto da consolidação da ditadura, da emergência da luta armada — que desmitifica, cheio de compreensão —, da tortura e da perseguição daqueles que discordavam do autoritarismo, Callado denuncia a fragmentação dos valores ético-políticos seja nas elites, seja nas massas e a ausência de um processo revolucionário.

Em *Reflexos do baile*, o escritor abandona a tradição do narrador onipotente, quando as feridas da luta armada ainda não haviam cicatrizado. Reúne os fragmentos muitas vezes conflitantes às representações mais evidentes do que deveria ser a identidade nacional. Eles dão a impressão de filme em câmera lenta, em que o tempo da narração e o tempo narrado escorrem. A alegoria de que lança mão não impede sua filiação ao realismo, testemunhando uma história concreta. Este romance marca a transformação no estilo de expressão da visão de mundo. Com isso, Callado atualizou o gênero, com muita perspicácia, atendendo às novas exigências do romance realista, às voltas com a crise dos valores individuais. Todos os personagens vivem alheados ao ambiente em que se encontram, localizados em uma ditadura latino-americana, mais uma escala em suas carreiras.

O historiador de religiões Mircea Eliade considera a existência de um tempo sagrado que, não sendo homogêneo, é circular, repetível. Ao contrário do tempo profano e utilitário das sociedades contemporâneas, o tempo sagrado escapa tanto da temporalidade monótona do trabalho quanto dos regozijos e dos espetáculos. O tempo profano é o tempo do progresso. Já o tempo sagrado, para o qual se inclina *Reflexos do baile*, é permeável ao mistério. As esferas do real ampliam-se e deslocam-se, transgredindo qualquer preconceito ou discurso prévio. Daí o corte, o relato em fragmentos, compondo-se o romance como um enorme mosaico, com vários pontos de vista possíveis. A narrativa é fragmentada, mas uníssona como uma vasta sinfonia.

A estrutura assenta na proliferação de vozes, apela para a reflexão do leitor e sua visão do mundo, pede-lhe uma concentração imperiosa para entrar no universo complexo das emoções e funcionar como eco de respostas previamente armazenadas. Tal fato pode reverter-se como convite a uma cumplicidade em que o texto e o leitor se lançaram quase juntos. Em *Memórias de Aldenham House* (1989), história e literatura entrecruzam-se numa bem-humorada revisão. O romance contrapõe o choque entre culturas díspares como a latino-americana e a inglesa. Projeta-se nos personagens e distancia-se deles, sugerindo, paralelamente, que em qualquer assassinato mais importante que a multiplicação de hipóteses é a de suspeitos. Não usa a trama policial de modo clássico nem procura deter-se na procura da lógica do crime, mas no jogo de versões e desdobramentos. A personagem Elvira O'Callaghan Balmaceda, chilena descendente de irlandeses, trabalha numa tradução de James Joyce, um dos autores prediletos de Callado, e rouba de *Ulisses* (1922) a definição de história: "é um pesadelo do qual eu estou tentando acordar", que serve para os principais personagens, um brasileiro e um paraguaio, na tentativa de sobrevivência ao conflito mundial e às ditaduras latino-americanas. Facundo, ex-combatente da região do Chaco, no Paraguai, vive, no casarão vitoriano, assombrado sob a lembrança de seus três heróis nacionais: o presidente José Gaspar Rodríguez de Francia, Solano López e José Estigarribia. Para Facundo, a Inglaterra era "uma gorda e desmazelada dama que arrastava há meio milênio seus chinelos cambaios por uma chácara tão suja e decadente quanto ela própria". O autor realiza, com mestria, a união de fantasmas tipicamente britânicos, do romance gótico com o poder colonizador da Inglaterra, ou seja, a busca de identidade pelo contraponto com o outro.

Talvez devamos deter-nos para caracterizar melhor os traços do gênero policial. Ele acrescenta um elemento singular em sua matriz constitutiva como signo central e inevitável de participação genérica: prevê um crime e a possibilidade de verossimilhança do relato está intimamente ligada às perguntas que o crime estende no transcurso dos textos.

O gênero policial consiste na decifração de um enigma segundo um raciocínio rigorosamente concatenado que escolhe as aparências e dá "xeque-mate". Muitos dos recursos e técnicas do gênero são oriundos das leituras do escritor belga Georges Simenon. Conjuga o romance policial com o romance político e com a representação elaborada da interioridade. As regras são: um morto, um detetive, um assassino e um enigma. É gênero voltado para um problema a resolver, mas ao mesmo tempo, para um criminoso a compreender. Longe de utilizar métodos científicos, o detetive impregna-se da personalidade do criminoso para descobrir melhor os culpados. O mistério é um enigma que admite explicação racional. O suspense é a demora da explicação que virá, ao final. Mas o detetive de Callado desconfia das deduções brilhantes, das técnicas dos espíritos muito metódicos e mesmo da psicologia. A seus olhos, a procura criminal é, antes de mais nada, a de uma verdade humana que não se poderia compreender sem senti-la previamente. Convém, pois, afastar da enquete tudo que possa atrapalhar uma experiência sensível, em primeiro lugar, os raciocínios bem construídos. Personagem profundamente humano, suas investigações são conduzidas a passo lento, mas de maneira realista, procedendo por intuição mais que dedução. Age pouco, impregna-se da atmosfera, entra na pele dos personagens implicados e adivinha a verdade de suas relações.

Não escreve dentro de um gênero sem ultrapassar seus limites, acatar suas regras e convenções. Até a paródia mais desaforada não as infringe, mas deixa-as desnudadas. Por isso, quando a escritura desiste de brincar, quando seus referentes são os vendavais da história e os assume com a plenitude de seus meios, produz-se uma ruptura. O que desta ruptura surge é novo, inédito. Ao romper seu pacto com o gênero, Callado não joga fora seus ensinamentos mas os fortalece, fundindo-os com novas aprendizagens, construindo com assombro, com exasperação, com lucidez, outro saber.

Não esqueçamos que é através da linguagem que nos aproximamos dos fatos e que é ela que nos possibilita interpretar o resultado de nossas observações.

Pode ocorrer uma descrição perfeita da variação lingüística porque a linguagem é, para o escritor, um elemento expressivo do retrato social, do ambiente e dos personagens. A prosa regionalista da geração de 30 na literatura brasileira retratava as classes marginalizadas, como o sertanejo, entre outros. Falar na realidade lingüística das classes subalternas presentes nas obras literárias é retratar a vida dos personagens, todo o mecanismo da sociedade humana. O conhecimento da variação lingüística de seus personagens propiciou a Callado um retrato sociolingüístico da realidade de determinado momento.

Em seus textos, a oralidade da escrita alia-se à capacidade de visão do mundo, dos outros e de si mesmo. A simplicidade, entretanto, não se eximia da densidade: as correções se sucediam até chegar ao refinamento do estilo, ao encadeamento dos episódios. O artesanato persistiu em todas as suas obras. Pode não ter-se preocupado com a inovação formal em si, mas procurou à exaustão a expressão exata do que queria dizer, sem recorrer a maneirismos e outros atalhos superficiais das contorções da linguagem.

As várias linguagens dos personagens detectam as motivações psicológicas ou restauram a riqueza vocabular do indígena brasileiro, como em *A Expedição Montaigne*.

Na literatura de Antonio Callado, a linguagem é elemento expressivo do retrato social. A música verbal de que falava Nelson Rodrigues o fez aliar o lirismo à crítica social, ora o tom coloquial, por meio de sua riqueza léxico-semântica, impregnado nos provérbios de que se utiliza muito.

O uso de provérbios, ao jeito de pluralidade discursiva e moralismo tradicional, na interpenetração de vozes que se encontram, oferece o "lugar-comum" de opiniões e de saber popular. Ajuda na marcação de ritmo, cúmplice que é entre o autor e seu leitor, fala comum coletiva, de aproximações várias e inesperadas.

A língua das classes subalternas, por ser usada por grupos sociais estigmatizados, ficou por muito tempo relegada ao esquecimento pelas classes detentoras do poder, que usavam a língua como forma de oprimir e de negar aos excluídos a voz que os insere no processo social.

O falar das classes populares eram frases feitas, provérbios, palavras e expressões vindos da boca do povo e ouvidos nas ruas, nos ambientes marginalizados.

Mário de Andrade, nos prenúncios do modernismo, deu esse "grito", uma vez que sua obra aproximava-se da linguagem do povo e trabalhava com temas populares.

Essa temática é aprofundada pela geração de 30. Não mais apenas a descrição geográfica e cultural da prosa romântica, mas uma narrativa de cunho social, retratando as classes marginalizadas. Os escritores foram buscar na linguagem conhecimentos que ajudaram na descrição das variantes lingüísticas de seus personagens.

Também em relação ao realismo, Callado aderiu à modernidade em que o romance caracteriza-se pela subjetividade do narrador, que introduz a distância estética e a capitulação ante a realidade onipotente. Entretanto, o programa realista ressoa nas intenções documentais do autor que o inclui no ideal de representação da identidade nacional. Em obras como *Sempreviva*, o leitor tem o trabalho de reconstituir a narração como se a ficção não respondesse a uma reprodução fiel do acontecido.

Uma seleção das crônicas de Antonio Callado, publicadas entre 1992 e 1996, foi reunida postumamente. Muitas vezes, a crônica é miniatura do romance, é feita de curiosidade intelectual e simpatia que resultam de um saber estar presente e ouvir os outros. Daí o desejo de testemunhar e, por essa via, de conhecer-se através do mundo, cuja originalidade reside na conjugação entre espírito crítico, aventura estética, reflexão introspectiva e experiência pessoal, por meio de comentários, sentimentos, percepções, encontros, pequenos "nadas" que um olhar desprevenido sabe recriar. Observador, assume o questionamento político ou faz o mapeamento do cotidiano. Restitui coisas e pessoas, fixando-lhes, muitas vezes, o lado cômico ou insólito. Escrever é, para ele, elucidar o que nos rodeia e incorporá-lo, colhendo a inspiração em vários gêneros e não se fixando em nenhum em particular. Dimensão espacial e temporal de um mundo em mutação, essas crônicas desenham também o perfil do autor. Cada uma delas e todas em conjunto, soma de partidas e regressos, compõem o traçado de uma época e de um autor que nelas se envolve e distancia, que as vive e comenta. Que, a partir de várias perspectivas, as interpreta e assim as renova.

No fundo, todo livro de crônicas é uma autobiografia disfarçada pelos temas escolhidos e a forma de tratá-los. Pelo que se valoriza ou omite, pela adesão ou repúdio a determinadas figuras e pontos de vista.

A crônica é, para ele, um modo de diálogo e este, uma forma de cumplicidade. Talvez a cultura seja isto mesmo, uma eterna caminhada por concluir, aliada à consciência do muito que nos falta para sermos quem deveríamos ser.

A obra de Antonio Callado estabelece um vínculo referencial com o universo que nela se organiza, sem ter, para isso, de cingir-se a uma poética da representação. Funciona como uma amostra do mundo de que fala. Mas nada ocorre em detrimento da vontade de comunicação. O autor aborda, em suas obras, questões polêmicas da realidade brasileira. Os personagens estão sempre engajados em alguma causa política, seja a luta contra a ditadura militar ou a questão indígena.

Não se pode desconhecer a estreita relação entre seus textos teatrais e romances. Basta lembrar que estreou ao mesmo tempo nos dois gêneros: em 1955, com o romance *Assunção de Salviano* e a peça *A cidade assassinada*.

Os personagens negros, na literatura brasileira, foram retratados, freqüentemente, por meio de estereótipos destituídos de individualidade, como "o escravo fiel", o "Pai João", a "mulata sensual", descritos do ponto de vista exterior. Antonio Callado trouxe uma contribuição de peso para o teatro com suas nove peças. Destacaremos o seu chamado "Teatro negro", conjunto de quatro peças, publicadas sob o título de uma delas, *A revolta da cachaça*, que valoriza elementos da cultura afro-brasileira. A peça intitulada *Pedro Mico* foi a primeira a utilizar uma favela (a hoje extinta favela da Catacumba) como cenário e coloca o foco no malandro carioca dos anos 1950. O autor faz um paralelo da vida do protagonista negro com a de Zumbi dos Palmares. A peça foi transformada em filme que teve como ator principal o ex-jogador de futebol Pelé. Já na peça *O tesouro de Chica da Silva*, coloca em cena a fascinante personagem da ex-escrava, protegida do contratador de diamantes João Fernandes no Arraial do Tijuco. Na versão de Callado, Chica da Silva é uma mulher ardilosa que consegue armar uma trama muito bem urdida para defender seus privilégios econômicos e amorosos. Um visitante que representa o marquês de Pombal quer denunciar o contratador e exige que a ex-escrava seja levada de volta à senzala. É um dos textos mais irônicos e divertidos do seu teatro.

A produção literária de Antonio Callado caracteriza-se pela fidelidade a uma temática e pela coerência de pensamento. Cada vez mais, convence-se de que o escritor deve retratar a realidade e lutar pela justiça social. Não ficou alheio, por outro lado, ao debate em torno do que consistia e conformava a identidade. Ao captar a essência da alma nacional, poderá o artista contribuir para a cultura nacional. Como dizia Mário de Andrade, só sendo brasileiros é que nos universalizaremos. Importante para ele foi olhar a si mesmo e sua época. A aguda imaginação, inteligência e sensibilidade do autor atravessam sua apreensão do real com uma concepção humanista do mundo, desejosa de denunciar os espaços da opressão, a denúncia de uma situação intolerável de repressão.

O Brasil é tema central de toda a obra, que se constitui no relato da realidade brasileira, corresponde a um espaço geográfico e a um espaço temporal distintamente definidos, a ponto de ser chamado de "muralista do Brasil". Um romance começa e acaba no seu espaço e no seu tempo.

Antonio Callado foi um dos escritores de mais ampla visão da literatura brasileira. Marcado profundamente por suas experiências de reportagem e apoiado por uma sólida formação cultural, levou a marca da observação crítica da realidade para a literatura. A sua crítica social manifesta uma aspiração de justiça e tolerância, iniciando uma linha de inconformismo que impulsionará sua carreira de homem de letras no jornalismo e na ficção. Avalia e comprova, afirma e denuncia a indignidade, recusa a resignação. Além do testemunho de uma geração, permite-nos captar melhor o homem e sua circunstância de que, afinal, toda e qualquer manifestação artística é feita. Sua obra é de denúncia da exclusão de tantos seres do processo social. Penetra nas perplexidades de uma geração que a nação se deu ao luxo de perder. Com paixão.

Bella Jozef

Depois da leitura

A proposta dessas atividades é inserir vocês na leitura crítica dos textos literários e levá-los a efetuar uma ampla reflexão sobre os elementos que constituem uma obra, fazendo-a dialogar com os diversos discursos que a compõem. Com isso, vocês poderão apreender algumas visões do mundo próprias de determinados momentos da cultura e da sociedade, inclusive a nossa.

Crônica

1. Quais os temas que se evidenciam nas crônicas?

2. Selecione uma notícia de jornal e elabore uma crônica a respeito.

3. Faça uma crônica sobre o bairro em que você mora, incluindo personagens típicos.

4. Com o seu grupo, escolha um tema tratado em uma das crônicas deste livro e o apresente oralmente ou por escrito, após um debate em sala de aula.

5. Compare a crônica "A doce república do Tuatuari" com os elementos de *Concerto carioca*.

6. Exemplifique, com passagens do texto, os recursos estilísticos com que o autor consegue seus efeitos, especialmente a linguagem coloquial, a participação emocional e a ligação com a atualidade.

Reportagem

1. Relacione as reportagens lidas com a biografia do autor.

2. Faça uma reportagem sobre os bandeirantes, ressaltando seu papel na história do Brasil. Junto com o professor de história, refaça o trajeto dos bandeirantes, elaborando um mapa.

Conto

1. Você viveu, como espectador ou participante, um momento histórico importante do Brasil. Escreva uma carta a um amigo que está no exterior contando esse fato, registrando suas impressões.

2. O título "Um homem cordial" pode ser considerado irônico? Indique as passagens que reforçam seu ponto de vista.

3. Compare o estilo dos dois contos desta seleta, indicando as eventuais diferenças.

4. Em que medida se inter-relacionam, no conto "Prisão azul", os planos da realidade e da ficção?

Peça teatral

1. A turma ou um grupo pode fazer uma leitura em voz alta de *Pedro Mico*. Cada aluno deverá ler os diálogos de um dos personagens, interpretando com voz e gestos.

2. Compare os diferentes espaços urbanos de *Pedro Mico*, *O colar de coral* e O *tesouro de Chica da Silva*.

3. A que classe social pertencem os personagens de *O tesouro de Chica da Silva*? Faça um trabalho em conjunto com os professores de história e de literatura.

4. Em relação a *Pedro Mico*, procure refletir sobre a importância, para o teatro brasileiro, de criar um personagem negro. Organize grupos para debater o assunto.

5. Leia *Romeu e Julieta*, de Shakespeare, e faça uma comparação com a peça *O colar de coral*.

6. Organize um debate em sua turma sobre a escravidão e a discriminação racial no Brasil.

7. Em que medida *O tesouro de Chica da Silva* aborda questões como o racismo e a corrupção no Brasil Colônia?

Romance

1. A caracterização dos personagens em *Assunção de Salviano* faz-se de preferência por meio de sua ação ou de suas reflexões?

2. O escultor mineiro Aleijadinho é bastante citado em *A madona de cedro*. Faça uma pesquisa sobre sua vida e obra.

3. Descreva os fatos mais importantes, na sua opinião, narrados em *Quarup*.

4. Compare as trajetórias de Salviano (*Assunção de Salviano*) e do padre Nando (*Quarup*).

5. Será que o autor revelou realidades sociais do momento em que viveu em *Concerto carioca*?

6. Faça um paralelo entre os personagens Xavier e Jaci, de *Concerto carioca*.

7. Faça uma pesquisa sobre a política em relação ao índio no Brasil.

8. Pesquise a biografia de Montaigne, que dá título à expedição de que trata o romance. Por que você acha que ele foi escolhido para o título?

9. Elabore um mapa, assinalando as diferentes regiões do Brasil que entram nos romances de Callado.

10. É possível aproximar o suspense de *Concerto carioca* ao de *Sempreviva*?

11. Escolha um dos textos deste livro e escreva sobre o que mais gostou nele.

Cronologia

1917 — Nasce em Niterói, em 26 de janeiro. É o caçula e o único homem dos quatro filhos do médico e poeta parnasiano Dario Callado e da professora de surdos-mudos Edite Pitanga Callado. Realiza os primeiros estudos no externato Pitanga, de propriedade das tias maternas, e depois no ginásio Bittencourt, do qual é o orador da turma. Suas mais remotas lembranças de infância evocam a devastação causada pela gripe espanhola que matou seu avô paterno.

1936 — Ingressa na Faculdade de Direito.

1937 — Começa a trabalhar como repórter e cronista no *Correio da Manhã*.

1939 — Diploma-se em direito, mas não exerce a profissão. Mantém coluna em *O Globo*, com o pseudônimo de Anthony Gong.

1941 — Durante a Segunda Guerra Mundial, é contratado pelo serviço brasileiro da BBC de Londres como redator, até maio de 1947. Compete-lhe redigir o noticiário da emissora transmitido em português para o Brasil. Também colabora no tablóide quinzenal *A Voz de Londres* que divulgava a programação radiofônica da emissora. Em Londres, presencia os terríveis bombardeios da aviação nazista.

1943 — Casa-se com a inglesa Jean Maxine-Watson, assessora do serviço latino-americano da BBC, com quem tem três filhos: Teresa Carla (Tessy), Antônia (já falecida) e Paulo.

1944-1945 — É correspondente de guerra no serviço brasileiro da Rádio Difusão Francesa, em Paris.

1947 — Retorna ao Brasil e volta a trabalhar no *Correio da Manhã*.

1948 — É enviado especial do *Correio da Manhã* para a IX Conferência Pan-Americana, em Bogotá.

1949 — Primeira viagem aos Estados Unidos, acompanhando a comitiva do então presidente Eurico Gaspar Dutra.

1951 — Enviado especial do *Correio da Manhã* para a cobertura da Conferência de Ministros do Exterior do Hemisfério, em Washington. Estréia na literatura com a peça *O fígado de Prometeu*.

1952 — Participa da expedição em busca dos ossos do coronel Percy Harrison Fawcet, o que resulta na reportagem-ensaio *O esqueleto na lagoa Verde*, publicada em 1953 no *Correio da Manhã*.

1954 — É promovido a redator-chefe do *Correio da Manhã*, cargo que ocupa até 1960. Publica seu primeiro romance, *Assunção de Salviano*, e a peça *A cidade assassinada*.

1955 — Publica *Frankel*, em inglês, mais tarde traduzido para o português pelo próprio autor.

1957 — Publica *A madona de cedro*, as peças *O colar de coral* e *Pedro Mico* e a biografia *Retrato de Portinari*.

1958 — Viaja ao Xingu em companhia do escritor inglês Aldous Huxley, que visita o parque indígena em companhia da mulher Laura e da poeta norte-americana Elizabeth Bishop. Recebe a Medalha da Ordem do Mérito da República Italiana.

1959 — Viaja pelo Nordeste brasileiro para escrever uma série de reportagens para o *Correio da Manhã*, transformadas depois no livro intitulado *Os industriais da seca e os "galileus" de Pernambuco* (1960).

1961 — Publica *Uma rede para Iemanjá*.

1962 — Publica *O tesouro de Chica da Silva*.

1963 — É convidado pela *Enciclopédia Britânica* para chefiar a redação de uma nova enciclopédia, a *Barsa*. Trabalha no *Jornal do Brasil*. Viaja ao Nordeste como repórter, para conhecer de perto o governo de Miguel Arraes, em Pernambuco. A reportagem é transformada no livro *Tempo de Arraes* (1964).

1964 — Retoma o cargo de redator-chefe do *Correio da Manhã*. É preso, logo após o golpe militar, acusado de subversivo, junto com outros intelectuais, entre eles, Glauber Rocha e Carlos Heitor Cony.

1967 — Publica *Quarup*, adaptado para o cinema por Ruy Guerra em 1989.

1968 — Trabalha como redator do *Jornal do Brasil*, que o envia ao Vietnã em guerra. Escreve reportagens a partir de Hanói, publicadas em 1977, sob o título de *Vietnã do Norte: advertência aos agressores*. Foi o único jornalista sul-americano a entrar na capital do Vietnã do Norte. É preso após a promulgação do AI-5 e tem seus direitos políticos cassados por dez anos.

1969 — É interrogado, em julho, na Aeronáutica e enquadrado na Lei de Segurança Nacional por artigos publicados no semanário *Brasil em Marcha*.

1970 — Em setembro, é absolvido pela Justiça Militar.

1971 — Publica *Bar Don Juan*.

1974 — Dá cursos na Universidade de Cambridge, Inglaterra, como professor visitante.

1975 — Aposenta-se como jornalista, mas continua a colaborar na imprensa.

1977 — Casa-se com a professora e jornalista Ana Arruda.

1976 — Publica *Reflexos do baile*.

1978 — Escreve a coluna "Sacada" da revista *Istoé*. Viaja para Cuba.

1981 — Publica *Sempreviva*.

1982 — Publica *A Expedição Montaigne*. Viaja à Alemanha, como vencedor do Prêmio Goethe, do Instituto Goethe do Rio de Janeiro, com o romance *Sempreviva*. Recebe o Prêmio Luisa Cláudio de Sousa, do PEN Club do Brasil.

1983 — Reúne quatro de suas peças teatrais no volume *A revolta da cachaça*.

1985 — Publica *Concerto carioca*. Recebe o Prêmio Brasília de Literatura da Fundação Cultural do Distrito Federal e a Medalha das Letras e Artes, na Embaixada da França, em Brasília, do ministro da Cultura Jacques Lang.

1986 — Prêmio Golfinho de Ouro, de Literatura, outorgado pelo governo do Rio de Janeiro.

1987 — O romance *Quarup* é adaptado para o teatro, em São Paulo.

1990 — Participa das comemorações do centenário do general De Gaulle, na França, como representante do Brasil.

1989 — Publica *Memórias de Aldenham House*. Recebe o troféu Juca Pato, da União Brasileira dos Escritores, após ter sido eleito "Intelectual do Ano".

1992-1996 — É colunista, aos sábados, da "Ilustrada", da *Folha de S. Paulo*.

1993 — Publica uma coletânea de contos, *O homem cordial e outras histórias*.

1994 — Toma posse na Academia Brasileira de Letras, onde ocupa a cadeira nº 8, na sucessão de Austregésilo de Athayde, a 12 de julho. É recebido pelo acadêmico Antônio Houaiss.

1997 — Morre no Rio de Janeiro, em 28 de janeiro, após longa enfermidade. Os prefeitos do Rio de Janeiro e de Niterói decretam luto oficial de três dias.

Bibliografia

ARRIGUCCI JR., Davi. "O baile das trevas e das águas", in: _____. *Achados e perdidos*: ensaios de crítica. São Paulo: Polis, 1979, p. 59-75.

ARRIGUCCI JR., Davi e outros. "Jornal, realismo, alegoria (romance brasileiro recente)!", in:_____. *Ficção em debate e outros temas*. São Paulo: Duas Cidades / Unicamp, 1979, p. 11-5.

_____. *Outros achados e perdidos*. São Paulo: Companhia das Letras, 1999.

ATHAYDE, Tristão de. Prefácio, in: CALLADO, Antonio. *Assunção de Salviano*. 2. ed. Rio de Janeiro: Civilização Brasileira, 1960, p. 3-8.

CALLADO, Antonio. *Assunção de Salviano*. Rio de Janeiro: Nova Fronteira, 1983.

_____. *Bar Don Juan*. Rio de Janeiro: Nova Fronteira, 2001.

_____. *Concerto carioca*. Rio de Janeiro: Nova Fronteira, 1985.

_____. *Crônicas de fim do milênio*. Rio de Janeiro: Francisco Alves, 1997.

_____. *A Expedição Montaigne*. Rio de Janeiro: Nova Fronteira, 1982.

_____. *A madona de cedro*. Rio de Janeiro: Nova Fronteira, 1983.

_____. *Memórias de Aldenham House*. Rio de Janeiro: Nova Fronteira, 1989.

_____. *Quarup*. Rio de Janeiro: Nova Fronteira, 1984.

_____. *Reflexos do baile*. Rio de Janeiro: Nova Fronteira, 2002.

_____. *Sempreviva*. Rio de Janeiro: Nova Fronteira, 1981.

KONDER, Leandro. Prefácio, in: CALLADO, Antonio. *A Expedição Montaigne*. Rio de Janeiro: Nova Fronteira, 1982.

LEITE, Ligia Chiappini Moraes (org.). *Antonio Callado*. 2. ed. São Paulo: Nova Cultural, 1988 (Literatura comentada).

_____. *Quando a pátria viaja: uma leitura dos romances de Antonio Callado*. La Habana: Ediciones Casa de las Américas, 1983.

_____ e outros (org.). *Brasil, país do passado?* São Paulo: Edusp / Boitempo, 2000, p. 91-137.

_____. "Antonio Callado e seus retratos do Brasil" e "O teatro negro de Antonio Callado", in: *Teatro de Antonio Callado*. 7 v. Rio de Janeiro: Academia Brasileira de Letras/ Nova Fronteira, 2004.

MARTINS, Edílson. "O furacão sopra. As pétalas caem", in: _____. *Nós, do Araguaia: Dom Pedro Casal dá liga, bispo da teimosia me dá liberdade*. Rio de Janeiro: Graal, 1979, p. 35-50.

MARTINS, Leda Maria. *A cena em sombras*. São Paulo: Perspectiva, 1995.

MARTINS, Marilia; ABRANTES, Paulo Roberto (orgs.). *3 Antonios. 1 Jobim: histórias de uma geração: o encontro de Antonio Callado, Antonio Candido, Antônio Houaiss, Antonio Carlos Jobim* (entrevistas Zuenir Ventura). Rio de Janeiro: Relume-Dumará, 1993.

MENDES, Miriam Garcia. *O negro e o teatro brasileiro* (entre 1889 e 1982). São Paulo/Rio de Janeiro/Brasília: Hucitec/Instituto Brasileiro de Arte e Cultura/Fundação Cultural Palmares,1993.

PEREZ, Renard. *Escritores brasileiros contemporâneos*. 2 v. Rio de Janeiro: Civilização Brasileira, 1970.

PORTELLA, Eduardo. "Sobre a estilística das fontes literárias", in: Dimensões I. Rio de Janeiro: José Olympio, 1958, p. 103-110.

_____. "Com a vida na alma", in: CALLADO, Antonio. *Crônicas de fim do milênio*. Rio de Janeiro: Francisco Alves, 1997, p. XI-XIV.

SANTOS, Francisco Venceslau dos. *Callado no lugar das idéias: Quarup, um romance de tese*. Rio de Janeiro: Caetés, 1999.

SILVERMAN, Malcolm. "A ficção em prosa de Antonio Callado", in: _____. *Moderna ficção brasileira: ensaios*. 2. ed. Rio de Janeiro: Civilização Brasileira, 1982, p.19-33.

SODRÉ, N.W. "O momento literário", Rio de Janeiro, *Revista Civilização Brasileira*, 213-28, set. 1967.

SÜSSEKIND, Flora. *O negro como arlequim*. Teatro & discriminação, Rio de Janeiro: Achiamé,1982.

_____. *Um escritor na biblioteca: Antonio Callado*. Curitiba: Biblioteca Pública do Paraná. Fundação Cultural de Curitiba, c.1985.

LAURA Constancia Austregésilo de Athayde SANDRONI nasceu no Rio de Janeiro, em 1934. Formou-se em administração pública pela Fundação Getulio Vargas e é mestra em literatura brasileira pela UFRJ. Participou do grupo que, em 1968, organizou a Fundação Nacional do Livro Infantil e Juvenil (FNLIJ), que dirigiu por 16 anos e onde coordenou projetos de estímulo à leitura, aos quais deu continuidade na Fundação Roberto Marinho, onde passou a trabalhar em 1984.

Desde 1975 colaborou como crítica de livros para crianças e jovens, no jornal *O Globo*. Publicou artigos e ensaios em diversas revistas especializadas, no Brasil e no estrangeiro. É autora, entre outros livros, de *De Lobato a Bojunga, as reinações renovadas*, da Agir, e de *Ao longo do caminho*, da Moderna. Faz parte do Conselho Diretor da Fundação Nacional do Livro Infantil e Juvenil.

BELLA JOZEF é professora emérita da UFRJ e professora titular de literatura hispano-americana da Faculdade de Letras da UFRJ. Ministra cursos de pós-graduação, nos quais orienta dissertações e teses. Autora de mais de quatrocentos artigos e ensaios, apresentados em congressos e simpósios e publicados em jornais do Brasil e do exterior, Bella é membro da Academia Brasileira de Arte, vice-presidente do PEN Club do Brasil e já foi condecorada com as Palmas Acadêmicas (França), a Ordem do Sol (Peru), a Ordem de Mayo (Argentina) e a Medalha do Mérito Pedro Ernesto (Câmara dos Vereadores). Também recebeu o prêmio de crítica pela Associação Paulista de Críticos de Arte (APCA) e de ensaio bibliográfico pela Organização dos Estados Americanos (OEA).

Entre outros livros, já publicou: *O jogo mágico, O espaço reconquistado uma releitura: linguagem e criação no romance hispano-americano contemporâneo, História da literatura hispano-americana, A máscara e o enigma: a modernidade da representação a trangressão, Jorge Luis Borges.* Além de seleções de textos, com estudo crítico: *Inglês de Sousa, Joaquim Manuel de Macedo, Dinah Silveira de Queiroz, Antología general de la literatura brasileña* (Fondo de Cultura Económica), *Poesia Argentina, 1940-1960* e *Os melhores contos de Ricardo Ramos.*

Edição
Izabel Aleixo
Daniele Cajueiro

Revisão
Ana Júlia Cury
Anna Carla Ferreira
Bruno Dorigatti

Produção gráfica
Ligia Barreto Gonçalves

Diagramação
Fernanda Barreto

Este livro foi impresso em São Paulo, em março de 2005, pela Lis Gráfica e Editora, para a Editora Nova Fronteira. A fonte usada no miolo é Minion, corpo 11,5/14,5. O papel do miolo é Master Set 75g/m², e o da capa é cartão Royal 250g/m².

Visite nosso *site*: www.novafronteira.com.br